KB180622

Tango

탱고

김세걸

소설

시

自序

글쓰기는 내 고독의 벗이자 세상과 소통하는 작은 窓이었다. 문학을 좋아하던 소년 시절의 꿈이 되살아났다. 詩와 小說을 쓰고 싶었다. 그래서 썼다. 그 어떤 권위에도 구속되지 않고, 자유로이... 잡초처럼 다듬어지지 않은 작품들이지만, 한 권의 책으로 엮어보았다.

2022년 1월

탱고

목 차

【 소설 】

【 시 】

【 김세걸의 소설과 시 】

소설

—

하얀 요트

아직 햇볕이 따갑기는 하지만, 한여름의 더위는 이미 한 걸음 물러난 상태이다. 강변 자전거도로를 따라 때 이른 코스모스가 바람에 살랑이고, 그 아래에는 세계적으로 보기 드문, 드넓은 강물이 넘실대고 있었다. 그 리듬에 맞춰 하얀 요트 한 척과 백조의 탈을 쓴 작은 보트 몇 척이 한가롭게 노닐고 있었다. 마치 사진으로만 보던 외국의 아름다운 항구도시의 풍경을 그대로 옮겨 놓은 듯했다.

이처럼 평화로운 풍경을 배경으로 하여 대한민국 정치 1번지이자 금융 1번지인 여의도 섬이 떠 있다는 것이 참 아이러니하다고 홍상철은 생각했다. 정치란 무엇인가? 사회집단 간의 이익 대립과 갈등을 조정하는 것 아닌가. 기성 질서의 틀 안에서 피 흘리지 않고 전개되는 전쟁과 다르지 않다. 금융은 또 어떤가? 세계 각국의 자본들이 국경 없이 넘나들며 보다 많은 부를 거머쥐기 위해 치열하게 경합하는 또 다른 전선 아닌가. 초를 다투며 명멸해가는 전광판의 불빛 속에 수많은 인생의 희비가 엇갈리는 현대판 전쟁터이다. 부와 권력을 둘러싸고 편 가르기와 길들이기, 속임수와 작전과 보이지 않는 폭력이 난무하는 곳이 바로 대한민국의 젖줄 한강 가운데 떠 있는 섬 여의도인 것이다.

전쟁과 평화가 묘하게 동거하고 있는 이 풍경 속으로 자전거를 타고 질주해 들어가는 것이 홍상철의 최근 유일한 취미이자 낙이었다. 그날도 H그룹 홍보실에 근무하는 홍상철은 회장님 연설문 작성에 필요한 자료를 찾으러 국회 도서관을 간다는 핑계를 대고 오전 10시 반쯤 회사를 나와 여의도 한강공원으로 향했다. 공원 주차장에 차를 세우고 조금만 걸어 올라가면 자전거 대여소가 나온다. 여기서 삼천 원을 내고 자전거를 빌려 한 시간만 유유자적하며 노닐다 반납한 뒤, 국회나 증권가에 근무하는 친구들 가운데 한두 명을 불러내 점심을 먹으면서 세상 돌아가는 이야기나 하다가, 국회 도서관에 들러 사전에 후배에게 부탁해놓은 자료를 챙겨 회사로 돌아올 계획이었다. 근무시간 중 한두 시간을 땡땡이친다고 해도 어차피 제시간에 퇴근하지 못하고 밤늦게까지 잔업수당도 없이 일해야 하므로 양심의 가책 같은 것을 느낄 이유는 없었다.

홍상철은 자전거를 타고 한강공원 일대를 한 바퀴 돈 다음 서강대교 근처의 그늘진 벤치에 앉아 잠시 휴식을 취했다. 담배를 피우려고 한 개비 꺼내 물었다가 한강공원 전역이 금연지역으로 지정되었다는 사실을 상기하고는 건강에도 좋지 않은 것을 사회규범을 어겨가면서 굳이 피울 필요가 있나 싶어서 이내 포기하고, 새로 구매한 스마트 폰으로 한강의 풍경을 몇 점 낚아챘다.

강바람을 잔뜩 껴안고 푸른 물살을 가르며 달리는 하얀 요트를 포착한 사진 위로 어린 시절 읍내의 허름한 영화관에서 본 르네 클레망 감독의 〈태양은 가득히〉라는 영화의 주요 장면들이 오버랩되었다. 부잣집 아들의 오만한 행동에 마음의 상처를 입은 가난한 친구가 야심에 찬 완전범죄를 꾸미다 실패로 끝나는 얘기인데, 주연 배우 알랭 드롱의 조각 같은 얼굴과 슬픈 눈빛이 매우 인상적인 영화였다. 이 영화를 본 후 홍상철은 부와 여유가 공존하는 성공한 인생의 상징으로 하얀 요트를 꿈꾸게 되었다.

강원도 산골의 농사군 아들로 태어난 아이가 공부 좀 잘한다는 이유만으로 서울에 있는 유수의 명문대를 졸업하고 재벌그룹에 속하는 대기업에 취직하기까지는 본인의 노력이 8할이라고 할 수 있다. 그러나 그 이상의 화려한 인생을 살려면 행운의 여신의 특별한 점지가 있어야만 한다. 홍상철도 바보가 아닌 이상, 성실하게 저축하고 노력해서 이룰 수 있는 것과 남다른 행운이 따라줘야 이룰 수 있는 것쯤은 식별할 수 있었다. 본인의 노력 여하에 달린 아파트와 승용차와는 달리, 하얀 요트를 즐길 수 있는 여유로운 삶은 확실히 행운의 영역에 속하는 것이었다.

젊음의 매력은 인생의 불확정성에 있다. 인생이 확정되어 있지 않으므로 무한한 가능성에 대한 환상이 생겨나고, 그것이 인간의 욕망을 푸른 하늘의 애드벌룬처럼 잔뜩 팽창시켜 숱한 인생들을 허공 속으로 띄워 보내는 것이다. 하얀 요트를 즐길 수 있는 삶, 젊어서 이런 꿈조차 없다는 것은 슬프다. 사람은 꿈꾸는 동물이기에. 그러나 늙어서까지 이런 꿈을 품고 사는 것도 꼴

불견이다. 젊어서 못 이룬 것을 늙어서 이룰 가능성은 극히 낮기에. 못 이룬 꿈은 놓아줄 필요가 있다. 늙어서 집착은 추하다.

하얀 요트가 떠 있는 풍경 위에 이런저런 상념의 채색을 더 해가고 있을 때, 어디선가 홍상철을 부르는 소리가 들렸다.

"어이, 상철이 아닌가? 나세. 허용만이."

오래간만에 듣지만, 귀에 익은 목소리였다.

"예엣? 용만이 형? 아니, 이게 웬일이세요?"

홍상철은 놀라움과 의아함에 입을 다물지 못한 채 소리 나는 쪽을 쳐다보며 비명에 가까운 목소리로 응답하였다. 그도 그럴 것이 오랫동안 알아 왔던 사람이 전혀 상상할 수 없는 모습으로 눈앞에 서 있는 게 아닌가. 그 모습이 너무 의외이고 괴기하여 마치 가장무도회에 온 기분이었다.

홍상철은 대학 1학년 때 법정 지원 투쟁을 한다면서 선배들을 따라 덕수궁 근처에 있는 법원에 간 적이 있었다. 거리 곳곳에는 중무장한 로마 병사들처럼 전투경찰들이 방패를 들고 서 있고, 5월의 라일락 향기는 메케한 최루탄 가스와 섞여 길 가는 이의 콧등을 시큰하게 하던 시절이었다. 법정에 들어가 보니 검은 뿔테 안경을 쓴 한 젊은이가 한복으로 된 수의를 입고 포승줄에 묶인 채 꼿꼿하게 서서 검사와 판사를 조롱하듯이 당당하게 최후진술을 하고 있었다. 마치 조선총독부 시절 독립운동을 하다가 잡혀 온 조선의 지사가 일본 관헌들을 준엄하게 꾸짖는 광경 같았다.

"나는 역사의 들판에서 수확하는 농부가 되기보다는 썩어 없어지는 한 알의 밀알이 되려고 합니다. 개인의 권력과 이익을 추구하는 당신네가 우리들의 숭고한 연대 정신을 이해할 수는 없을 것입니다."

벼락처럼 내리치면서 홍상철의 가슴에 날아와 박힌 말이었다. 방청석이 술렁이면서 곳곳에서 "허용만, 파이팅!"을 외쳐댔다. 그제야 홍상철은 그가 말로만 듣던, S대학 학생운동권의 전설적 인물 허용만이란 걸 알게 되었다.

"과연, 명불허전이다!"

그날 이후 홍상철은 허용만이라는 인물을 마음에 담아두고 그와 관련된 얘기라면 귀를 쫑긋하게 되었다. 그러나 그들의 만남이 실제로 이루어진 것은 그로부터 10년이 지나서이다. 그 세월의 간극을 이어준 것은 허용만에 대한 풍문이었다. 허용만이 청주교도소에서 복역할 때 조폭 행동대장을 의식화시켜 자기 꼬붕으로 만들었다는 둥, 사랑이냐 혁명이냐를 고민하다가 사랑하는 여인을 프랑스로 떠나보냈다는 둥, 출소 후 군포에 있는 M전자에 위장 취업하여 민주노조 건설 투쟁을 주도했다는 둥, 지하 혁명조직 건설 사건으로 수배되어 3년간 도망자 생활을 하면서 변장의 달인이 되었다는 둥, 자기를 뒤쫓는 담당 형사의 딸 결혼식에 변장하고 나타나 축의금을 전하고 방명록에 이름까지 적어놓고 유유히 사라졌다는 둥… 그에 대한 풍문은 누에가 고치에서 실 뽑어내듯이 끊이질 않았다.

허용만이 그렇게 사는 동안 홍상철은 대학 신문사에서 학생기자를 하면서 학창 시절을 보내고, 현역병으로 군 복무를 마친 다음, H그룹 홍보실에 운 좋게 취직하여 막 사회생활을 시작하고 있었다. 갑자기 들이닥친 외환위기 때문에 명퇴자들이 속출하고 사회 분위기가 흉흉하던 무렵 홍상철은 민주동문회 송년회 자리에서 허용만을 다시 보게 되었다.

70년대 민주화운동을 주도하였던 노땅 선배들의 고리타분한 회고담과 인사말이 끝나고, 그날의 기조 강연이 시작되었다. 강사로 등단한 허용만은 10년 전의 모습과는 전혀 딴판이었다. 검은 뿔테 안경은 날렵한 금테 안경으로 바뀌고, 다부지게 다문 입은 연신 부드러운 미소를 띠고 있었다. 감청색 재킷에 날이 선 회색 바지, 붉은색 줄무늬 넥타이 등 명품은 아니지만 매우 세련된 패션 감각을 보여주는 차림새였다.

그는 차분하고 단아한 목소리로 예상을 뛰어넘는 파격적인 발언을 쏟아냄으로써 장내를 묘한 긴장과 흥분의 도가니로 몰아갔다.

"… 지난 시절 우리는 자본주의의 우상을 깨기 위해 이성의 칼날을 갈아왔습니다. 자본주의의 우상을 깨고 나자 이번엔 사회주의의 우상이 생겨나 우리의 이성을 마비시키고 있습니다… 노동계급과 사회주의는 도덕적 선이고, 역사의 진보이고, 민중의 지지는 당연하다는 도식은 더 이상 자동으로 성립하지 않습니다. 때로는 자본가들이 역동적이고 창의적인 사고를 통해 역사에서 진보적 역할을 수행하기도 합니다. 노동조합이 기득권 수호에 집착한 나머지 사회적 책임을 방기하고 집단이기주의에 매몰되어 반동적 역할을 수행할 수도 있습니다. 우리는 민중들이 왜 보수정권을 지지하고, 그들을 위한다는 급진정당이나 급진적 운동을 왜 외면하고 있는지 솔직하게 들여다볼 수 있어야 합니다…"

그 자리에 모인 운동권 인사들에게 큰 충격을 준 연설이었다. 여기저기서 "야, 허용만이 많이 변했다."라든가, "허용만이 부르주아지가 다 되었네."라는 야유가 터지기도 했지만, 허용만은 아무 동요 없이 자기 할 말은 다 하고 연단에서 내려왔다. 많은 후배가 열렬한 박수로 그에 대해 지지를 표현했다. 송년회 공식 모임이 끝나고, 다시 소그룹별로 가진 2차 모임에서 홍상철은 허용만을 가까이 접할 수가 있었다.

"이제 기동전의 시대는 끝났어. 진지전을 수행하려면 진보 세력이 사회 곳곳에 다양하게 포진해 있어야 해. 블루칼라만 혁명적 노동자가 되는 게 아니야. 탈산업사회가 되면서 화이트칼라의 비중과 역할이 더욱 중요해졌어."

이렇게 말하면서 허용만은 다양한 삶의 모습을 연출하고 있는 후배들을 가리지 않고 다 포용하고 도닥거려주었다. 강철 같은 삶을 살아온 그였기에 그가 보여준 포용력과 유연성은 권위가 있었고 더욱 빛났다.

그로부터 얼마 안 있다가 우연히 허용만이 H그룹 본사 근처에 있는 작은 빌딩에 사무실을 내면서 홍상철은 허용만과 급속히 가까워지게 되었다. 허용만은 특별한 약속이 없을 때는 물론,

합석해도 괜찮을 것 같은 자리라면 어김없이 홍상철을 불러냈다. 아끼는 후배에게 사람들의 세상 살아가는 모습을 다양하게 보여주기 위해서였다. 홍상철은 선배의 이런 배려를 고맙게 받아들였다.

홍상철은 허용만과 가까이 지내면서 그의 새로운 면모를 보게 되었다. 그는 희랍인 조르바처럼 호방하고 천의무봉한 남자였다. 술과 여자를 좋아하고, 위악적이라고 할 정도로 도덕적 엄숙주의를 깔아뭉개길 좋아했다.

술집에 가면, 대뜸

"섹스를 사자성어로 표현하면 뭔지 알어?"

"……"

"남자 입장에서는 '질문 공세'이고, 여자 입장에선 '질의 응답'이라고 해."

라던가,

"다음 세 가지 사항의 공통점이 뭔지 알어? 서부 시대에 결투하다 총 맞아 죽은 놈, 타다 만 붕어빵, 임신한 처녀."

"……"

"모두 너무 늦게 뺐다는 거야."

라는 식으로 재치 있는 성적 농담으로 좌중을 장악하곤 했다.

술이 몇 잔 돌면 그의 입은 "이년, 저년"을 달고 살 정도로 더욱 거칠어지나, 돈을 잘 쓰고 다른 매너가 좋아서 아가씨들에게 인기가 높았다. 이런 사람이 어떻게 운동권의 조직 활동을 할 수 있었나 싶을 정도로 분방했다.

그러나 다른 한편, 그는 여성스러울 정도로 섬세하고 치밀한 성격과 맑고 여린 심성을 가진 사람이었다. 그의 일정표에는 해야 할 일들이 깨알 같은 글씨로 가지런히 정리되어 있었고, 혼자 쓰는 그의 사무실에는 항상 시들지 않은 꽃들이 계절의 변화를 알려주는 캘린더처럼 테이블 위의 화병을 장식하고 있었다. 벽에는 빈센트 반 고흐의 황금빛 해바라기가 걸려 있고, 커다란 모니터만 두 대 덩그러니 놓여 있는 데스크 어디에선가 바흐의 무반주 첼로 소나타와 같은 잔잔한 클래식 음악이 흘러나와 방안의 음침한 적막을 걷어내고 있었다. 데스크 뒤편에 서 있는 작은 서가에 꽂혀 있는 시집과 소설책, 역사와 철학 분야의 책들은 그가 인문학적 교양이 깊은 사람임을 말해주고 있었고, 서가 선반 위에 놓여 있는 오래된 액자 속의 앳된 소녀풍의 여인 사진은 그가 아직도, 이루지 못한 첫사랑을 못 잊어 가슴에 담아두고 사는 사람임을 보여주었다. 실제로 그는 분위기만 무르익으면 에드거 앨런 포의 애너벨 리를 낭송하면서 마치 자기의 사연이라도 되는 양 눈물짓곤 하였다.

한 날은 허용만과 점심을 먹고 그의 사무실에 들러 차 한잔하는 자리에서 홍상철이 그의 과거에 대해 조심스레 물어보았다.

"형은 집안도 좋은 것 같은데, 어떻게 운동권에 뛰어들게 된 거야?"

"왜? 부르주아지 출신은 운동하면 안 된다는 법이라도 있냐."

그 특유의 어깃장을 한 번 놓더니 말을 이었다.

"대학 2학년 때 우연히 읽은 마르크스가 계기가 되었지. 너,

마르크스의 구라 한번 봐봐라. 피를 끓게 한다구. 사람의 영혼을 뒤흔드는 문장들! 씨발, 피 끓는 젊은 나이에 안 속아 넘어가게 생겼냐."

허용만은 갑자기 벌떡 일어나 연극배우가 대사를 독백하듯이, 어디선가 읽어본 듯한 마르크스의 문장을 외고 있었다.

"지금까지 철학자들은 세계를 다양하게 해석해왔을 뿐이다. 그러나 중요한 것은 세계를 변화시키는 것이다!… 혁명을 통해 프롤레타리아트가 잃을 것은 족쇄요, 얻을 것은 세계이노라. 만국의 프롤레타리아트여, 단결하라!"

그리곤 인터내셔널 가(歌)를 허밍으로 웅얼댔다. 첫사랑의 달콤한 추억에 빠진 자의 얼굴에서 발견할 수 있는 설렘과 떨림과 아쉬움 등이 그의 얼굴을 스쳐 지나갔다.

"형은 정말 로맨틱하게 운동을 시작했네. 나 같은 회의주의자와는 다른데."

"왜? 넌 운동은 안 하고, 회의만 했냐?"

"정말 등 따습고 배불러야 멀리 있는 이상을 위해 투쟁할 수 있지, 매 끼니를 걱정하는 사람들은 눈앞의 걱정거리에 바빠서…"

홍상철이 부끄러운 듯이 말꼬리를 흐리자 허용만은 격려라도 해주듯이 말했다.

"회의적인 태도가 좋은 거야. 회의주의자들이 오래 간다구. 너무 쉽게 확신에 이른 사람은 잘나가다가도 어느 한순간에 홱 바뀌기 쉽지. 그것도 180도. 너, 극우파 인사들 가운데 왕년에 극좌

파였던 인물이 많다는 거 아냐?"

허용만은 홍상철의 표정을 한번 힐끗 살피더니 계속 말을 이었다.

"자신의 청춘을 다 받쳐 떠받들었던 이데올로기가 추악한 소수 권력자 집단의 지배 수단으로 전락해있다는 걸 알았을 때의 그 배신감과 분노! 이것을 전투적인 증오로 표출하는 다혈질적인 사람들이 극우파가 되는 거구, 안으로 삼키면서 좌절하는 사람들이 나 같은 허무주의자가 되는 거야."

허용만의 뜻밖의 고백에 홍상철은 갑자기 할 말을 잃었다. 허용만의 말소리가 쿵쿵거리며 계속 귓전에 울려왔다.

"난 관념적인 휴머니즘적 정열과 소영웅심으로 운동을 해왔어. 많은 지식인이 그렇지만 말이야. 그런데 운동은 가혹한 현실이야. 휴머니즘의 꽃향기가 그윽한 감동의 대서사극이 아니란 말이야. 시체 썩는 냄새와 고문에 견디지 못해 내지르는 비명이 가득 찬 싸움터에서 치루는 생존 투쟁이자 권력투쟁이란 말이야. 밑바닥에 있는 놈들에게는 생존 투쟁이고, 윗대가리에 있는 놈들에게는 권력투쟁이지. 난 적과의 투쟁보다 내부의 권력투쟁이 더 견디기 힘들었어…"

허용만은 회한에 떨리는 목소리로 말을 이어갔다.

"난 비전향 장기수들 못지않게 전향한 사람들도 존중받아야 한다고 생각해. 전향은 쉬운 일인지 아냐. 그것도 용기가 있어야 한다구. 자신이 걸어온 익숙한 길을 부정하고 새롭고 낯선 길로 떨쳐나설 수 있는 용기 말이야. 벌거벗은 임금님을 보고서 벌거벗었다고 말할 수 있는 용기. 이성의 쇠망치를 들고 자기 안의 우상을 때려 부술 수 있는 용기가 있어야 한다구. 나 같은 허무주의자들은 그런 용기도 부족한 거야."

그날의 대화를 통해 홍상철은 허용만의 영혼에 깊은 금이 가 있다는 것을 알게 되었다. 그 금은 이상과 현실이 맞부딪혔을 때 필연적으로 생길 수밖에 없는 금이고, 트로츠키나 이강국과 같은 지식인 출신의 아이디얼리스트가 스탈린이나 김일성과 같은 권력의 생리를 잘 아는 냉혹한 리얼리스트를 만났을 때 입기 쉬운 상처 같은 것이었다. 겉으로 드러난 화려한 이력의 이면에 있는 이러한 인간적인 고뇌의 상처들이 허용만의 매력을 배가시켜주었다. 누가 허용만의 변신에 돌을 던질 수 있겠는가.

홍상철과 허용만은 서로 다른 환경에서 자랐고 나이 차도 4, 5년 되고 기질도 서로 달랐지만, 서로에게서 편안함과 위안을 발견하는 절친한 사이로 발전해갔다. 그러던 어느 날 밤이었다. 홍상철은 허용만이 자주 가는, 여의도 Z 증권빌딩 꼭대기 층에 있는 스카이라운지 바 〈셰에라자드〉로 나오라는 호출을 받았다. 〈셰에라자드〉는 레마르크의 소설에 나오는 라비크가 단골로 다니는 술집 이름이었다. 술집 주인이 제법 문학적 소양이 있는 듯, 실내 인테리어도 유러피언 앤티크를 많이 활용하여 1940년대 파리의 클럽 분위기를 자아내고, 술도 위스키 외에 다양한 와인들을 비치하고 있었다. 특히 라비크가 좋아한 것으로 알려진 칼바도스를 가게의 브랜드 상품으로 내걸음으로써 많은 단골을 확보하는 수완을 보여주었다. 허용만도 자기가 라비크인 양 착각하는 많은 단골 중의 하나였다.

홍상철이 도착해보니 허용만은 많이 취해 있었다. 그의 손은 언덕 위의 길 잃은 양처럼 매력적인 볼륨을 자랑하는 마담의 젖가슴 위를 헤매고 있었다. 마담도 싫지 않은 듯 농을 받아주었다. 마담 말에 의하면, 그가 사람들과 어울려 2차까지 하고, 혼자서 3차를 왔다는 것이다. 허용만은 뭔가 토로하고 싶은 것이 있을 때면 혼자 술집에 와서 홍상철을 불러내곤 하였다. 여자만으로는 그의 외로움이 달래지지 않는 것이다. 홍상철처럼 말귀를 알아듣되, 등 뒤에서 칼을 빼지 않을, 믿을만한 후배가 필요한 것이다.

"야, 인마, 너도 돈 좋아하지?"

여자 품에서 흐느적거리던 허용만이 갑자기 깨어나더니 불쑥 내지른 말이었다.

"돈 싫다는 사람이 어디 있나요. 정당하게 번 돈이냐, 아니냐가 문제이지."

"아쭈, 이놈 봐라. 그럼, 정당하게 벌지 않은 돈은 싫다, 이 말이지."

"정당하다는 것을 어떻게 정의하느냐에 따라 달라지겠죠."

"그래, 너 말 한번 잘했다. 그럼, 자본가가 남긴 이윤은 정당한 거냐, 아니냐? 도둑이 들어 그 자본가의 돈을 훔쳤다면, 그건?"

"……"

갑자기 홍상철의 말문이 막혔다.

“펀더멘탈리스트(근본주의자)적 사고로는 결론이 안 나. 길지도 않은 인생, 쉽게 좀 살자. 내 생애에서 끝을 보겠다는 생각, 나 아니면 안 된다는 생각 좀 버려 버리자. 그러면 인생이 달리 보일 거다.”

“맞아요. 돈에 나쁜 돈, 좋은 돈 표시가 있는 것도 아니구요.”

옆에서 듣고만 있던 마담이 허용만의 말에 맞장구를 쳤다.

“근데, 형, 어디 돈 벌 쾌라도 있어?”

갑자기 돈타령하는 허용만이 의아하다는 듯이 홍상철이 물어보았다.

“아니, 너, 정당하게 버는 돈 아니면 관심이 없다며. 노동해서 버는 돈이 제일 깨끗하지, 뭘. 아니다. 넌 재벌 회장님 연설문 써주는 일 한다며. 그건 독점재벌의 지배 이데올로기를 생산하는 고도의 정치적 실천인데. 너 알고 봤더니, 보수 반동의 주구 아냐. 하하하.”

“에이, 놀리지 말아요. 저 같은 피라미가 뭘 한다구. 어디 돈 벌 쾌라도 있으면 좀 알려줘요. 그렇지 않아도 장가 안 간다고 집에서 아우성치는데, 돈은 없구.”

“그래, 같이 살 애인은 있고?”

“네. 3년간 사귀어 온 여자는 있죠.”

“아, 그러니깐 씹할 공간이 없다는 거구나.”

허용만은 다시 한번 호방한 웃음을 터뜨리더니 정색을 하고 말을 이었다.

“너 지금 동원할 수 있는 여유자금이 얼마나 되냐? 어디서 빚

낼 생각은 말고."

"내일이 월급날이니깐 그동안 저축해놓은 거랑 합치면 그래도 팔, 구백만 원은 될걸요."

"직장까지 있는 화이트칼라 녀석이 돈 천만 원도 없냐. 참, 살기 어려운 시대다. 앞으로 양극화가 더 심해질 거라는데, 없는 놈은 어떻게 살라구."

"형 같은 백수도 사는데…"

"나야 있는 집 자식인데, 너랑 같냐. 자본주의 사회에서는 돈이 충직한 노예이자 포악한 주인이라구. 돈만 있어 봐라. 밖에 나가 일할 필요도 없이 돈이 스스로 돈을 벌어온다니깐. 마치 충직한 노예가 주인을 위해 일하듯이 말이야. 그러나 사람이 돈에 눈이 머는 순간, 돈은 사람의 행동을 지배하는 포악한 주인으로 표변하지."

맞는 말이다. 허용만의 매력은 이렇듯이 변증법적 인식론을 살아있는 언어로 응용하는 데 있었다.

"마담, 칼바도스 한 병만 더! 가는 길에 화장실 들러 거시기의 물도 좀 빼고, 천천히 와."

마담이 나가자, 자못 진지한 표정을 지으며 허용만이 낮은 목소리로 속삭였다.

"너, 내일 오전 중에 가까운 증권사에 가서 계좌 하나 트고, 오후 2시 전에 A 마이크론 주식 2,500원 이하로 살 수 있는 만큼 사둬. 물론 철저히 〈보안〉에 신경 쓰고, 매입할 때도 티 나지 않게 소량으로 분할 매수하도록. 매도 타이밍은 내가 나중에 알려

줄게."

홍상철은 입사 동기 중에 주식 하는 친구들이 있어 그들을 따라 주식거래를 소액으로 해본 경험이 있었다. 전문적인 지식이나 경험은 없었지만, 그 세계를 전혀 모르는 것은 아니었다. 지금 허용만이 무슨 얘기를 하는 것인지 직감적으로 알 수 있었다.

그날 밤 두 사람은 그 이슈에 대해 더 이상 아무 말도 하지 않았다. 마치 오입하고 나온 두 남자가 침묵의 공범 의식을 갖듯이. 떳떳하거나 상쾌한 기분은 아니었지만, 뿌리치기 어려운 유혹이었다. 그런 걸 가지고 철없는 아이처럼 상대방의 도덕성을 물고 늘어질 수도 없고, 자기 혼자 깨끗한 척할 수도 없었다. 공범 의식을 나눠 갖게 될 상대가 허용만이기에 침묵은 더욱 무거웠다. 칼바도스만 두세 잔 더 마시고 둘은 헤어졌다.

다음 날 홍상철은 허용만의 귀띔대로 A 마이크론 주식을 평균단가 2,400원에 3,700주를 매수하였다. A 마이크론은 코스닥에 상장된 벤처기업인데, 최근 3년간의 영업이익이 마이너스인 신통치 않은 기업이었다. 신용을 동원하여 더 매수할까 하는 욕심이 동했지만, 기업의 실적에 의구심이 가 자제하기로 했다. 오후 3시의 동시호가에서 전일종가보다 5% 오른 강세를 보였지만, 별다른 징후는 없었다. 다만 거래량이 전일보다 2배 정도 늘어났을 뿐이다. 오후 5시경에 우연히 인터넷 증권 사이트에 들어가 보니 "B 전자가 A 마이크론을 인수 합병한다."라는 공시가 떠 있었다. 다음 날부터 A 마이크론은 점상으로 연속 상한가 행진을 하였다. 2,400원에 매수한 주식이 2주 후에는 200%가량

오른 7,200원에 거래되었다. 그때야 허용만으로부터 매도하라는 연락이 왔다.

홍상철은 천만 원을 투자하여 2주 만에 투자원금의 두 배에 해당하는 이천만 원의 수익을 올렸다. 허용만이 얼마를 투자하여 얼마나 수익을 올렸는지는 홍상철도 모른다. 그건 알 필요도 없는 것이고, 알려고 해서도 안 된다. 그런 걸 묻는다는 건 큰 결례일 뿐 아니라, 자칫 신뢰를 상실할 수도 있다. 다만 추론컨대, 그가 만약 1억을 투자했다면 산술적으로는 2억의 수익을 남겼을 것이다. 물량이 많아 최고점에서 전부 팔지 못하고 일부는 좀 낮은 가격에 팔았다고 해도, 그리고 정보비용 등의 지출을 고려하더라도, 최소 1억 이상의 수익을 남겼을 것이다. 2주 만에 꿈에 그리던 억대 연봉자의 연 소득을 땅 짚고 헤엄치듯이 쉽게 벌어들이다니, 실로 환상적이지 않을 수 없었다.

자본주의에 대해 항상 피해의식을 갖고 있던 홍상철은 이번 일을 통해 왠지 자본주의에 복수라도 한 것 같은 통쾌감을 느꼈다. 마치 아는 형의 빽만 믿고 자기를 괴롭혀온 동네 양아치에게 어퍼컷을 한 방 먹인 것 같은, 그런 느낌이었다. 그러나 따지고 보면, '작전주'라는 것은 개미 투자자들을 대상으로 한 거대자본의 사기극이고 악랄한 수탈인 것이다. 이는 작전주에 국한된 이야기가 아니라, 오늘날 '카지노 자본주의'로 변질한 '주주자본주의' 자체에 내재한 본질적 속성이다. 즉 생산과정 밖에서 노동계급뿐만 아니라 자산계급까지도 무차별적으로 수탈해가는 것으로 오늘날의 늙고 병든 자본주의의 한 모습인 것이다. 허용만과 홍상철의 행위는 이런 사기극에 편승하여 남이 도둑질해온 것을 다시 도둑질해 먹는 짓에 해당한다. 어떤 면에서는 더 야비한 짓거리이다. 자본주의에 대해 복수한 것이 아니라 카지노 자본주의의 농간에 놀아난 것에 불과할 뿐이었다.

그 후로도 자주는 아니더라도 잊힐만하면 한 번씩 허용만은 홍상철에게 돈이 될 만한 정보를 흘려주었다. 홍상철은 자기 안에 있는 비열한 본성, 부당한 이익 앞에서 양심의 눈을 감아버리는 소인배적 근성에 대해 괴로워하면서도 돈의 달콤한 유혹을 뿌리치지 못했다. 그는 그것을 자기 환경의 뿌리 깊은 가난 탓으로 돌렸다. 그러는 사이 홍상철의 여유자금은 천만 원에서 삼천만 원으로, 오천만 원으로, 일억 원 등으로 거의 기하급수적으로 늘어났다. 이대로만 가면 하얀 요트의 꿈이 자기의 현실이 될 것만 같았다. 물론 허용만의 정보가 항상 정확한 것도 아니고, 반드시 성공이 보장된 것도 아니었다. 그러나 그의 신중한 성격에 의해 한번 걸러진 정보이기에 실패할 확률은 극히 낮았다. 잘못되었을 땐 즉각 시정 명령이 내려왔다. 그러면 좀 손해 보고 팔면 그만이었다.

암튼, 한강의 푸른 물결을 가르며 하얀 요트가 떠 있는 풍경위로 겨울 철새들이 날아왔다 떠나기를 몇 차례 반복하는 사이에 홍상철은 조그만 아파트도 마련하고, 결혼도 하여 오붓한 가정을 꾸리게 되었다. 홍상철 부부에게 허용만은 구세주와 같은 존재였다. 홍상철의 처도 허용만의 일이라면 무조건 양해했다. 그 까다로운 성격에 허용만이 차명계좌 하나만 만들어달라고 부탁하자 아무런 의심도 없이 덜컥 만들어줄 정도였다.

허용만의 변신은 화려했다. 마치 억울한 누명을 쓰고 이프 성의 지하 감방에 갇혀 있던 선원 에드몽 당테스가 무인도에 숨겨둔 보물을 차지한 연후 몽테크리스토 백작으로 변신하여 나타난 것 같았다. 그가 원래 있는 집 아들이라고 해도 큰돈이 있었던 것은 아니다. 언뜻 듣기로는 생전에 부모님으로부터 유산 배분을 받았는데, 다른 형제들은 부동산으로 나눠 가졌는데, 자신은 부동산의 시대는 가고 주식의 시대가 올 것이라고 예상하고 현금 팔천만 원을 물려받았다고 한다. 그러니깐 팔천만 원을 종잣돈으로 하여 주식에 손을 댄 지 몇 년 사이에 최소한 100배 이상으로 늘린 것이다. 그가 돈을 얼마나 벌었는지는 사실 아무도 모른다. 누구는 현금자산만 100억이 넘는다고 하고, 누구는 그가 매입한 청담동의 작은 빌딩만 150억은 족히 될 것이라고 하고, 누구는 그가 주위에 뿌린 돈만 3, 40억이 넘을 것이라고 하는 등 무수한 억측만 난무할 뿐이었다.

그는 운동권 출신의 자수성가형 자산가로서 모두로부터 환대를 받았다. 물론 일각에서는 그가 주식으로 돈을 벌었다는 사실로부터 축적과정의 도덕성을 의심하는 목소리가 없었던 것은 아니다. 그러나 그런 목소리는 그의 호방한 돈 씀씀이의 위력에 묻혀 들리지도 않았다. 모두 돈이 아쉬우면 그에게 손을 내밀었고, 그의 포용력 있는 마음은 내민 손을 무안하게 만든 적이 없었다. 개인적 사정으로 돈을 빌리러 오는 사람, 단체를 내세워

협찬이나 기부를 받으러 오는 사람을 비롯하여 선거철만 되면 그를 후원회장으로 모시려는 386 운동권 출신 입후보자들로 그의 사무실은 문전성시를 이루었다.

그는 사람들의 심리와 돈의 생리를 훤히 꿰뚫고 있었다. 홍상철이 들은 말만으로 어록을 만들어도 몇 페이지는 나올 정도다.

"사람들은 돈 많은 사람을 부러워해도 좋아하지는 않아. 존경은 더더욱 하지 않지. 자기를 위해 쓸 때 비로소 좋아하고, 사회에 환원할 때 마지못해 존경하지. 돈은 쓰지 않으면 질시의 대상이 될 뿐이야."

"빌 게이츠나 워런 버핏도 자기 재산의 대부분을 사회에 환원하니깐 욕을 먹지 않지, 우리나라 재벌들처럼 지 새끼들에게 물려주려고 해봐. 욕을 바가지로 먹을걸. 인간이 사회적 동물인 이상, 완전한 자유주의 사회는 있을 수 없어."

"사람들은 상대방의 재산이 자기보다 두세 배 많으면 질투하고, 열 배 많으면 몸을 낮추고, 백 배 많으면 그의 종이 되려고 하는 법이야."

"부에는 세 단계가 있어. 첫 번째 단계는 일용할 양식으로서의 부야. 이것은 인간의 자연적 욕구에 의해 제약을 받는다고 할 수 있지. 두 번째 단계는 자기 과시 혹은 비교 대상으로서의 부이고, 세 번째 단계는 사회적 관계 속에서 권력으로서의 부야. 이 두 단계의 부는 인간의 인위적 욕구에 의해 추동되기 때문에 한이 없어."

"프랜시스 베이컨이 말했지. 자고로 돈이란 퇴비와 같아서 뿌리면 열매를 맺고, 쌓아두면 냄새만 날 뿐이라고."

"마르크스의 〈자본론〉 '화폐' 장에 보면, 셰익스피어를 인용하여 이런 말이 나오지. '요 노란 것이 늙은 것도 젊게 만들고, 추한 것도 아름답게 만들고, 비천한 것도 고귀하게 만들고, 용감한 놈은 비굴하게, 비겁한 놈은 용감하게 만들기도 하지.'. 야, 이 얼마나 대가다운 통찰력이냐. 황금의 위력을 이렇게 압축적으로 잘 표현한 문구를 난 여태껏 본 적이 없어."

"용감한 자만이 미녀를 차지한다고? 웃기지 말라고 해. 요즘 강남 술집 가 봐라. 이쁜 년들은 다 돈 있는 놈들 무릎 위에 앉아 있더라."

"오죽하면, 전쟁터에서도 금가락지 가진 놈은 살아 돌아오고, 없는 놈은 시체도 못 찾는다고 하지 않냐."

"돈은 입이 없어도 말을 한다구. 만국 공용어야. 내전이 한창인 아프리카에서도, 아편 재배로 먹고사는 동남아 밀림에서도, 눈보라 몰아치는 시베리아 횡단 열차에서도 돈만 내밀어 봐라. 한마디도 못 해도 말이 절로 통하지."

…….

이렇듯 허용만의 돈의 철학은 나날이 심오해져 갔다. 한 날은 홍상철이 듣다못해 일부러 시비를 걸어보았다. 〈셰에라자드〉에서 둘만 있을 때였다.

"형, 형 얘기는 구구절절이 다 진리요, 옳은 말씀인데, 마르크스가 말하는 물신숭배, 그러니깐 황금 숭배 같은 거에 빠져 있는 건 아닐까?"

홍상철은 이왕 말을 꺼낸 김에 하고 싶은 말은 다 해야겠다고 맘먹고 말을 이었다.

"그리고 내가 이런 말을 할 처지는 아니지만, 형에게 너무 많은 신세를 져서 몸 둘 바를 모르겠지만… 사실 나 그동안 아주 괴로웠어. 물론 형은 나보다 더 괴로웠겠지만…"

굳게 맘먹었지만, 홍상철은 결국 말꼬리를 흐리고 말았다.

잠시 어색한 침묵이 흘렀다. 허용만은 피우고 있던 담배꽁초를 끄면서 씁쓸한 웃음을 지으며 말했다.

"말하지도 않아도 네 마음, 네 생각 잘 알겠다. 언젠가 이런 날이 올 줄 알았다."

허용만의 목소리는 차분하다 못해 비장한 기운마저 감돌았다.

"지금에 와서… 우리 행위를 정당화해줄 그 어떤 변명도 있을 수 없어. 우리 모두 자본주의와의 전쟁에서 패잔병들이야."

'자본주의와의 전쟁에서 패잔병들'이라는 표현에 홍상철은 갑자기 온몸에 전율을 느꼈다. 자신의 일상이 전개되고 있는 이 도시의 공간들이 일순간 전쟁으로 파괴된 폐허처럼 느껴졌다. 공습 사이렌이 울리고, 등화관제 속에서도 술 마실 사람은 술을 마시고… 간간이 들려오는 포성 속에 허용만의 푸념이 섞여왔다.

"자본주의와의 정규전에서 깨지고, 게릴라전을 전개해왔는데, 이건 빌어먹을, 이기면 이길수록 적에게 더 포위되어 버리니… 중국을 침략한 일본 관동군 짝이 나겠는걸."

그렇다. 우리는 자본주의에 대항하여 전쟁을 수행하고 있었다. 자발적 지원병으로 참전할 때만 해도 대의명분으로 사기충

천했었다. 불의에 대한 적개심도 불타오르고 있었다. 그런데 어느 날 갑자기 전선이 무너졌다. 정규전을 수행하던 주력부대가 항복한 것이다. 졸지에 패잔병이 된 우리는 투항하여 포로수용소에서 무기력하게 살아가야 하거나, 게릴라전을 수행하면서 후일을 도모해야 했다. 말이 게릴라전이지 연명하기 위한 보급 투쟁이 전부였다. 즉 양민들의 식량을 약탈하는 비적에 지나지 않았던 것이다. 개별적인 전투에서는 혁혁한 전과를 올리고 있었지만, 전체적인 전세에서는 점점 수세에 몰리고 있었다. 끝없이 펼쳐진 붉은 수수밭 한가운데 고립되어 있는 일본군 병사와 같은 기분이었다. 가장 중요한 것은 참전의 명분을 상실하게 되었다는 점이다. 〈인간해방〉의 깃발은 꺾인 채 어디 간 지 모르고 총을 든 도적 떼만 사방에 득실대고 있었다. 홍상철은 더 이상 견딜 수가 없었다. 허용만의 손을 끌어당겨서라도 이 난장판에서 벗어나고 싶었다.

"자본주의는 욕망이고, 사회주의는 윤리야. 욕망은 육식동물이고, 윤리는 초식동물이고… 윤리가 결코 욕망을 이길 수는 없다구. 의식(衣食)이 족해야 예의를 안다고, 욕망이 어느 정도 충족되어야 인간은 윤리를 생각하게 되는 법이야. 인간의 욕망이 끝없이 팽창하는 한, 사회주의는 자본주의를 이길 수 없어. 사회주의는 자본주의의 야수성을 조금 가리기 위한 장식품에 불과한 거야. 교양 있는 척, 인간적인 척, 하기 위한…"

허용만의 푸념은 점점 희미하게 귓전에서 사라져갔다.

홍상철은 허용만에게 다음과 같은 말을 남기고 싶었지만, 했는지 어쨌는지는 기억이 나지 않았다.

“형, 볼테르의 〈깡디드〉에 나온 말인데, 노동은 첫째 가난을 면하게 해주고, 둘째 권태를 면하게 해주고, 셋째 방탕을 면하게 해준데.”

그날의 대화는 이 정도로 끝났다. 홍상철은 허용만의 얘기 속에서 전쟁에 지친 용맹한 병사의 피로감 같은 것을 느꼈다. 그는 지쳐 있었다. 그에게는 자신을 되돌아볼 시간과 에너지를 재충전할 휴식이 필요했다. 그 후 홍상철은 기회가 있을 때마다 그에게 모든 걸 내려놓고 외국에 가서 한 6개월만 쉬고 오라고 권유했다. 그럴 때마다 그는 이번 일만 끝나면 자기도 산토리니섬에 가서 바다낚시나 하다가 돌아오겠다고 했다.

그러고 얼마 안 있다 홍상철은 H그룹 회장 아들이 유학하고 있는 도쿄 지사로 발령을 받았다. 히토츠바시대학 경제학부에 유학하고 있는 회장 아들이 공부는 안 하고 딴전만 부리고 있기에 답답한 부모 마음에서 일종의 가정교사로 파견한 것이다. 그의 임무는 회사 일과는 전혀 관계가 없었다. 회장 아들이 대학원 수사(석사) 학위까지 마치고 돌아올 수 있도록 알아서 코치하는 것이었다. 과거 로마 시대에도 똑똑한 노예는 주인집 아들의 가정교사로 채용되었다는 사실을 떠올리며 홍상철은 도쿄행 비행기를 탔다.

이렇게 하여 허용만에 대한 홍상철의 필름은 끊기게 되었다. 3년 후 홍상철이 도쿄에서 돌아왔을 때 허용만과 연락이 닿는 친구는 하나도 없었다. 그가 자주 다니던 〈셰에라자드〉도 문을 닫고, 낯선 클럽으로 바뀌어 있었다. 그의 성공에 대한 신화가 난무했듯이, 그의 몰락에 대한 전설도 옛 성터의 무성한 잡초처럼 바람결에 어지럽게 서걱거렸다. 누구는 그가 코스닥의 작전주에 올인 했다가 다른 세력에게 당하여 그간 번 돈을 다 날렸다고 하고, 누구는 그가 정치권에 돈을 댔다가 실세의 분노를 사서 금융감독원의 표적 수사를 받게 되었고 그 과정에서 몰락하여 잠적했다고 하고, 또 어떤 이는 그가 조폭 두목의 정부인 술집 마담을 잘못 건드려 대판 싸움이 붙어 그것을 수습하느라 재산의 상당 부분을 탕진했다고 하였다. 그의 성격상 그 어느 것도 있을 법한 이야기였다. 그러나 풍문은 어디까지나 풍문일 뿐…

그리고 다시 4년의 세월이 지난 오늘, 허용만이 자신의 눈앞에 서 있는 게 아닌가. 땀에 전 폴로 티셔츠에 무릎이 다 해진 때 묻은 청바지를 입고. 머리는 며칠째 안 감아 기름이 자르르 흐르고, 면도는 아예 할 필요가 없을 정도로 털보 구레나룻을 기르고 있었다. 긴 설명이 없이도 한눈에 신용불량자로 전락하여 거리를 떠도는 노숙자임을 알 수 있었다.

당혹스러움이 반가움을 압도하였지만, 홍상철은 의연함을 잃지 않으려고 애를 썼다. 도대체 무슨 말부터 꺼내야 할지 몰랐다. 어색함에서 벗어나기 위해 홍상철은 금연지역인 줄 알면서도 담배를 꺼내 물고, 허용만에게도 한 대 권했다. 둘은 담배 연기를 허공에 동시에 내뱉으면서 서로 어이없는 웃음을 터뜨렸다.

"야, 새끼야, 넌 직장이 있는 놈이 왜 백수들 노는 데 와서 노냐?”

“아니, 형이 한강공원 통째로 전세라도 냈소?”

“야, 저기 저년 좀 봐라. 오른쪽에 사진 찍는 년. 몸매 죽인다. 저런 년들이 맛있다니깐. 얼굴은 좀 못생겼어도.”

“형은 아직도 여자만 보면 꼴리나 보지.”

“왜? 니는 안 서나? 벌써 그라믄, 어떻게 할려구. 제수씨가 꽤 밝힐 것 같던데.”

“요즘 세상에 마누라 바람 좀 피우는 것 가지고 트집 잡았다가 노후가 평탄치 못해요. 자기도 적당히 맞바람 피우면서 서로 용인하며 살아야지.”

“맞다. 니, 제법 현명하게 늙어가네.”

실없는 농담으로 어색한 고비를 넘겼지만, 홍상철은 허용만에게 어떻게 된 영문인지 물어볼 용기가 나지 않았다. 그는 망한 사람이다. 망한 데에는 다 그만한 이유가 있기 마련이다. 성공한 원인은 아름답게 치장할 수 있지만, 망한 이유는 아무리 치장하려고 해도 아름다워질 수 없다. 망한 사람에게 사연을 묻는 것은 잔혹한 행위이다. 망한 사람의 하소연을 듣는 것은 따분한 일이다. 그렇다고 실없는 농담만 하다가 헤어질 사이도 아니다.

홍상철은 자전거를 반납한 다음, 허용만과 함께 점심을 먹으러 갔다. 예전에 함께 가본 적이 있는 단골집은 허용만이 싫다고 하여 가까이 있는 아무 식당에나 들어갔다. 허용만은 설렁탕을 시켜놓고 제대로 먹지도 못했다. 음식 냄새만 맡으면 헛구역질이 나고 위에서 신물이 올라온다고 했다. 겉으로는 여전히 호방한 척하지만, 속은 곪을 대로 곪아 있었다. 지난 7년간 고난의 행군을 하면서 그의 영혼과 육신은 피폐해질 대로 피폐해진 것이다.

식사 후 스타벅스에서 차 한잔하면서 홍상철이 조심스럽게 말을 꺼냈다.

"형, 멋지게 한 번 재기해야지."

"말은 고맙다만, 그게 어디 쉬우냐."

"아니, 형이 다시 깃발을 올린다면, 사재를 털어서라도 형을 도우려는 사람들이 많을걸."

순간, 허용만의 입가에 이상야릇한 냉소가 스쳐 지나갔다.

배신의 쓴맛을 모르는군, 이라고 비웃는 듯했다.

"현실을 너무 낭만적으로 보지 마. 사람들에게 너무 마음 주지도 말구."

자기의 실수를 반복하지 말라는, 마음에서 우러나는 충고였다. 지금 허용만이 느끼는 인간에 대한 실망의 뿌리가 어디에 있는지 짐작이 갔다. 허용만이 잘 나아갈 때 얼마나 많은 놈들이 그의 주변을 기웃거리며 이익을 챙겨 갔는가. 그놈들 중에 허용만이 어려울 때 실질적인 도움을 준 놈이 몇 명이나 있겠는가. 이런 세태가 세상을 각박하게 만드는 것이다.

홍상철은 자신의 어떤 발언도 허용만에게 아무 위안이 되지 않는다는 걸 깨달았다. 그렇다, 지금 허용만에게 필요한 것은 돈이다, 돈이 하지 못한 말을 다 전해준다고 하지 않는가. 머릿속으로 동원할 수 있는 여유자금을 다 계산해보았다. 얼추 이천오

백만 원은 될 것 같았다.

"형, 내가 형한테 빚진 것 중 일부만 우선 갚을게. 그걸로 일단 방부터 구하고 보자."

허용만의 자존심을 배려한 완곡한 표현이었다.

"니가 내게 무슨 빚이 있어. 빚 얘기가 나왔으니 하는 말인데, 니나 나 같이 자존심 센 사람들은 절대 남의 돈 빚내 쓰면 안 된다. 그건 악마에게 영혼을 저당 잡히는 거야. 남의 돈 떼어먹을 놈들이나 빚내 쓰는 거지."

"형도 빚이 있어?"

"왜 없겠니? 전 재산을 들어먹었는데."

순간, 그의 얼굴에 절망의 그림자가 스쳐 지나가는 듯했다.

"빚을 낼 때만 해도 갚을 자신이 있으니깐 내지만, 빚내 가지고 하는 사업이 잘 되기는 어렵지. 신용으로 매수한 주식투자가 잘 되기 어려운 것처럼. 노숙자는 아무나 되는 게 아니야. 빚이 없는 사람은 망해도 거리로 나앉지는 않아. 막노동이라도 하면 재기도 가능하고. 빚이 있는 사람이 노숙자가 되는 거야. 그들이 빚쟁이 독촉에서 벗어날 수 있는 유일한 길은… "

잠시 머뭇거리다가 그는 말을 마저 끝냈다.

"관에 들어가는 거야."

홍상철은 ATM기에서 현금을 인출하여 허용만의 바지 주머니에 쑤셔 넣어준 다음, 핸드폰 대리점에 들러 구식 공짜 폰 하나를 개설하여 그의 손에 쥐여주고 내일 다시 만나자고 약속하고 오후 4시쯤 헤어졌다. 회사로 돌아와 할 일을 끝내고 귀가를 하니 밤 10시였다. 마중 나온 아내에게 허용만 선배를 우연히 만났다고 얘기를 했다.

"어머, 그래요. 지금은 주식재벌이 되어 있겠다. 안녕하시지요?"

아내는 아무것도 모르고 있다. 굳이 망한 사람 얘기를 할 필요는 없다고 생각하여 그동안 떠돌던 소문을 전하지 않았기 때문이다.

"당신 꽤 밝힐 것 같다던데."

"흥, 밝히긴 혼자 다 밝히면서. 전에 내 이름으로 증권계좌 트면서 대박 터트리면 아파트 한 채 사준다고 뻥 쳤는데, 날 소실로라도 들어 앉힐 속셈이었구나."

아내 명의로 된 허용만의 차명계좌가 있다는 얘기에 홍상철은 갑자기 그 명세가 궁금해졌다. 서둘러 컴퓨터를 켜고 증권회사 홈페이지로 들어가 아내의 주민등록번호로 로그인을 하였다. 곧이어 화면에 뜬 계좌 명세를 보고 두 사람은 입을 다물지 못했다.

금일 종가 51,200원인 Q 바이오 주식 4만 주(=평가자산 총액 20억 4,800만 원)가 몇 년째 거래된 흔적도 없이 조용히 자기증식 운동을 하면서 보관된 것이다. 매수 평균단가 2,100원, 투자원금 8,400만 원, 매수 시점은 8년 전이었는데 5, 6년 전에 최저 500원대까지 떨어진 적이 있었다. 추측건대, 이천만 원도 안 되는 푼돈이니깐 찾지 않고 잊어버린 채 내버려 둔 것이 최근에 바이오 붐을 타고 급등하는 바람에 이렇게 큰 자금이 된 것이다.

허용만의 빚이 얼마나 되는지는 잘 모르겠지만, 이 정도의 돈이라면 재기 자금으로 충분할 것이다. 홍상철은 그를 대신하여 행운의 여신에게 감사를 연발하며, 이 기쁜 소식을 한시라도 빨리 전하기 위해 오늘 개설한 그의 핸드폰으로 전화를 걸었다. 벨만 울리고 전화를 받지 않았다.

밤 12시가 다 되어서야 허용만이라는 발신자 표시와 함께 전화벨이 울렸다.

"여보세요. 여기 한강 수색대인데요…"

—

의혹

간밤에 내린 비로 계절은 초겨울을 향해 성큼 다가가 있었다. 거리에는 비에 젖은 낙엽들이 어설프게 나뒹굴고 있었다. 흙으로도 돌아가지 못하고 여기저기 밟히고 쓸려 다니는 모습이 고향 없이 떠도는 도회지 아이들의 인생역정을 보는 것 같아 서글펐다. 저 낙엽들도 무더위가 한창 기승을 부리는 여름 한낮에는 쓸모 있었을 텐데, 라고 생각하니 자신의 지난날이 떠올랐다. 그러나 이내 "빛나는 과거가 빛바랜 오늘을 위로해주지 않는다." 라는 선배 실직자의 충고가 생각났다. 그래도 그 선배는 돌아갈 고향이라도 있어 명퇴 후 귀농 교육을 받고 시골로 내려갔지만, 대도시에서 자란 나는 저 낙엽들처럼 돌아갈 곳이 없다. 쓸모없어지면 곧 소각되고 말 운명이다. 길가에 쌓여있는 낙엽 더미가 시장경제에서 용도 폐기된 실직자들의 구겨진 인생처럼 보였다.

이런저런 생각을 하는 사이 차는 간선도로를 벗어나 시내로 접어들었다. 카 스테레오 위에 부착된 디지털시계는 오전 10:46을 깜박이고 있었고, 스피커에서는 파바로티의 〈카루소〉가 흘러나왔다. 러시아워가 지나서 그런지 거리는 한산했다. 이 시간대부터는 3, 40대 주부들이 운전하는 차가 많이 늘어난다. 남편 출근시키고 애들 학교 보내고 나서 한가로이 자기 시간을 즐길 수 있는 주부들이 차를 끌고 나올 시간이다. 나는 평일의 이 시간대에 음악을 들으면서 한적한 길을 드라이브하는 것을 좋아했다. 백수만이 누릴 수 있는 특권이었다. 이날도 점심시간을 앞두고 느긋하게 잡힌 D 출판사의 편집기획 회의에 가는 길이었다. 15년 동안 다니던 대기업 홍보실을 그만두고 새로 일을 찾고 있는 동안 출판사를 경영하는 친구의 권유로 외부 기획위원을 잠시 맡고 있던 참이다.

신호등이 노란색으로 바뀌는 걸 보고 난 액셀을 밟고 있는 발을 브레이크 위로 옮긴 다음 지그시 힘을 주어 차를 세웠다. 나의 애마 아반떼는 건널목을 지나 교차로의 정지선 앞에 부드럽게 멈췄다. 순간 차체의 뒤쪽에서 '쿵' 하는 소리가 났다. 무슨 소리일까, 궁금하여 주위를 둘러보았지만, 이상한 징후를 찾아볼 수 없었다. 잠시 적막이 흘렀다. 차 뒤편에서 차체를 두드리는 소리가 '탕, 탕' 들렸다. 무슨 영문인지 몰라 나는 계속 두리번거렸다. 그러다 오른쪽 사이드미러에 한 할머니가 쓰러져 있는 광경을 포착하였다.

순간, 아이고, 사고다, 사람을 치었구나, 하는 자책감이 가슴을 아프게 짓눌려왔다. 동시에 빌어먹을, 없는 살림에 몇백만 원 깨지게 생겼구나, 하는 냉정한 계산도 스파크처럼 머릿속을 스쳐갔다. 심호흡을 가다듬고, 이럴 땐 어떻게 대처해야 하나를 생각해보았다. 먼저 차 트렁크에서 스프레이를 꺼내 사고 위치를 정확히 표시해두고, 피해자를 병원으로 이송한 다음, 경찰과 보험회사에 신고해야겠다고 생각했다. 이럴 때일수록 침착해야 한다고 다시 한번 마음을 추스른 다음, 차에서 내려 할머니 쪽으로 다가갔다.

몸뻬 바지에 꾀죄죄한 방한 조끼를 입은 할머니 한 분이 차 뒷바퀴 옆에 벼락 맞은 고목처럼 쓰러져 무릎을 감싸고 아프다는 표정을 짓고 있었다. 시장통에서 흔히 볼 수 있는 가난한 행상 할머니 같았다.

"할머니, 많이 다치셨어요?"

떨리는 목소리로 형식적인 안부를 묻고 나서

"병원에 가셔야 하니깐 우선 차에 타세요. 자, 일어날 수 있겠어요?"

하며, 할머니를 부축하여 차 뒷좌석에 태웠다. 상태를 보니 큰 사고는 아닌 것 같아 한편으로는 마음이 놓였다.

그때 교차로의 신호등이 바뀌더니 건널목을 사이에 두고 내 차 뒤에 서 있던 흰색 그랜저가 슬그머니 다가왔다. 스르르 운전석 차창이 열리더니 한 중년 여성이 머뭇거리다 이렇게 말하는 것이 아닌가.

"아저씨, 저 할머니 수상해요. 가만히 서 있다가, 갑자기 뛰어들어 부딪힌 거 같았어요."

휴, 자책감에서 해방될 때 느낄 수 있는 안도감과 함께 덜컥, 자해 공갈범일 줄도 모른다는 생각이 나란히 손을 잡고 스쳐 지나갔다. 동시에 어둠 속에 빛을 비춰준 구세주와도 같은 이 아줌마를 목격자로 확보해두어야 한다는 이성적 판단도 들었다. 그러나 처음 당하는 상황이라 민첩하게 행동하진 못했다.

"아주머니, 전화번호 좀…"

핸드폰을 꺼내 입력하려고 우물쭈물하는 사이

"전, 바빠서 그만…"

전화번호도, 차량 넘버도 입력할 틈도 안 주고, 목격자를 태운 차량은 황망히 시야에서 사라졌다. 닭 쫓던 개, 지붕만 바라보는 꼴이 되었다.

난 또 다른 목격자를 찾아보려고 주위를 둘러보았다. 건널목 건너편에 허름한 옷차림의 노인이 먹이를 노리고 있는 살쾡이 눈빛으로 이쪽을 뚫어지게 지켜보고 있는 장면이 포착되었다. 갑자기 그도 자해 공갈단의 같은 패거리일지 모른다는 불안감이 엄습해왔다. 잠깐 사이에 빵 빵 거리며 차선 변경을 하여 서둘러 가려는 차들 때문에 주위가 혼잡해졌다. 빨리 차를 빼줘야 할 상황이었다. 난 목격자 확보를 포기한 채 차에 올라타 가까운 파출소를 향해 시동을 걸었다.

비록 목격자는 확보하지 못했지만, 그 아줌마 운전자의 증언으로 난 가해자 의식에서 해방되어 심리적 여유를 되찾을 수 있었다. 교통사고 보험보상금을 노린 자해 공갈범에 관한 뉴스를 일전에 TV에서 본 적이 있었다. 남의 일처럼 생각했던 일들이 자기 삶 속에서도 일어날 수 있다는 것을 깨닫게 된 건 열다섯을 갓 넘긴 무렵부터였다. 어머니의 의문의 죽음이 계기가 되었다.

그 후 난 어떤 일이 내 인생에 들이닥쳐도 담담하게 받아들일 수 있었다. 행운의 여신보다는 불운의 여신과 더 친숙해졌다고나 할까, 아버지의 갑작스러운 사고사도, 얼마 전 직장 상사로부터의 사직 권유도 그저 올 것이 왔다는 식으로 받아들였다. 오늘의 사건만 해도 그렇다. 내가 가해자인 줄 안 동안은 남의 인생을 불행하게 만들 수도 있다는 자책감으로 안절부절못했지만, 내가 자해 공갈 사건의 피해자로 변한 순간부터는 이따위 불운 같은 건 대수롭지 않게 느껴졌다. 다만, 살다 보니 별의별 일이 다 생기는구나, 하는 생각에 씁쓸할 뿐이었다.

"저, 할머니, 먼저 파출소에 갔다가 병원으로 가죠."

어느새 나의 목소리는 당당하고 무뚝뚝해져 있었다. 아까의 당황하고 미안해하던 분위기와는 아주 딴판이었다.

"아니, 파출소는 무슨 파출소야. 다방에나 가서 우리끼리 얘기하고 끝내고 말지, 뭘."

할머니의 당황스러워하면서 뒤로 빼는 말투에 나의 확신은 더욱 강해졌다. 미안하지만, 자해 공갈범과 같은 사회의 기생충은 그냥 내버려 둬서는 안 된다는, 약간의 정의감마저 생기는 것이었다.

교차로의 로터리를 돌자마자 파출소가 나왔다. 간단한 수속을 마친 다음, 난 담당 경찰관에게 사건의 개요를 설명했다. 할머니는 불안한 표정으로 애써 무릎이 아프다는 시늉을 짓고 있었다. 남루한 복장으로 보아 막장 인생을 사는 것 같았다. 한편으로는 연민이 느껴지기도 했다. 그냥 적선하는 셈 치고 오만 원쯤 줘서 보낼 걸 그랬나, 하는 생각도 들었다. 그러나 그런 호의가 비수가 되어 되돌아오는 수가 있다. 편법을 쓰다가는 계속 협박에 시달릴 수도 있다는 얘기를 예전에 들은 적도 있고 해서 확실하게 해두어야겠다는 판단에는 흔들림이 없었다.

자해 공갈범 같다는 나의 주장에 경찰관은 긴 얘기 필요 없다는 표정을 지으며 목격자의 전화번호나 차량번호만 반복해서 물어보았다.

"흰색 그랜저 승용차인데, 바쁘다면서 그냥 휙 가버려서…"

나의 어정쩡한 답변에 담당 경찰관은 한심하다는 듯이 바라보며 말했다.

"본인이 아무리 얘기해봐야 소용없어요. 제삼자가 증언해줘야 효력이 있지. 저 할머니가 나, 자해 공갈범이요, 할 리도 없구. 암튼, 보험회사에 연락해 봐요. 혹시 전력이 있으면 그쪽 전산망에 뜰 테니깐."

그러고는 구급차를 불러 인근에 있는 병원으로 할머니를 실어 보내고, 내게는 본서 교통계로 가서 신고하라고 안내해주었다.

본서 교통계는 혼잡했다. 여기저기서 사람들이 고함을 지르며 실랑이를 하고 있었다. 혐의를 추궁하는 쪽이나 부인하는 쪽이나 언성을 높이기는 마찬가지였다. 한참 기다려서야 담당 형사가 나타났다. 50대 중반의 배불뚝이였는데, 피곤해 죽겠는데, 넌 또 뭐야, 라는 표정으로 나의 신고를 접수하였다.

처음엔 나름 좀 공손하더니 내가 이렇다 할 소속이 없는 실직

자라는 말에 태도가 금방 바뀌어 간혹 막말을 쓰면서 윽박지르기도 했다. 조서를 작성하다 보니 어느새 피의자와 수사관의 관계처럼 되어버렸다.

피해자가 자해 공갈범 같다는 나의 진술에 형사는 목격자는 확보했냐고 묻더니, 목격자를 놓쳤다는 말을 듣고는 짜증 섞인 목소리로 버럭 소리를 질렀다.

"아니, 이 사람이 장난하나. 목격자도 없는데, 누가 당신 말을 믿어. 자해 공갈은 형사입건이야. 증인이나 증거도 없이 함부로 다룰 수 있는 게 아니야. 입증의 책임이 당신에게 있다고, 알어?"

신고하러 올 때까지만 해도 약간의 정의감에 도취해 의기양양하던 나는 시간이 흐름에 따라 상황이 내게 유리하지 않게 전개되고 있음을 깨닫게 되었다. 내가 몰리게 된 결정적인 계기는 증인을 놓쳤다는 것이다. 어둠 속의 서광과도 같았던 그 아줌마의 목격담이 결국 날 궁지로 몰아넣는 사탄의 유혹이 되고만 셈이다.

이럴 때일수록 자기 입장만 내세울 것이 아니라 상대방의 처지에서 생각해보는 역지사지의 지혜가 필요할 것 같았다. 먼저 경찰서란 어떤 곳인가. 범법자를 다루는 곳이 아닌가. 범법자들은 혐의를 부인하거나 자기를 변호하기 위해 거짓말을 남발하는 경향이 있다. 따라서 경찰들은 자연히 증거 없이는 사람의 말을 믿지 않는다. 이를 비난할 수는 없다. 내 얘기도, 경찰 입장에서 보면, 사고를 낸 운전자가 자신의 책임을 면해보려고 지어낸

이야기로밖에 들리지 않을 것이다. 가해 차량의 운전자가 교양 있고 선량해 보여도 사람 속은 알 수 없다. 오히려 배운 사람이 더 지능적으로 교활할 수 있지 않은가. 목격자도 없이 피해자를 자해 공갈범 같다고 우기는 행위가 자칫하면 명예훼손이나 무고죄에 해당할 수도 있다는 데까지 생각이 미치자 갑자기 맥이 탁 풀렸다.

난 전의를 상실한 채 자포자기의 심정으로 조서 작성을 마치고 오후 3시가 넘어서야 경찰서를 나설 수 있었다. 허기진 배를 채우기 위해 근처의 순대국밥 집에 들어가 식사를 하면서 다시 상황을 정리해보았다. 양심에 손을 얹고 생각해봐도 내게는 사람을 치었다는 자각이 없다. 차의 전면에 부딪히거나 바퀴에 깔렸다면 모를 리가 없다. 차 뒷부분의 측면에 부딪혔다는 것인데, 그것이 서 있는 사람에게 도대체 가능한 일인가. 정황상 서행하고 있는 차에 달려와 퉁 부딪히고 쓰러졌을 가능성이 크다. 목격자의 증언도 그렇다. 목격자가 무슨 악의가 있다고 없는 이야기를 지어냈겠는가. 잘못 볼 수는 있지만, 그럴 가능성은 지극히 낮다. 경찰서에서 조서를 쓰다 보니 목격자가 증언을 기피하고 훌쩍 가버린 이유를 알 수 있을 것 같다. 귀찮은 일에 말려들기 싫기 때문이다. 그러나 이 얘기는 더 이상 해봐야 소용이 없다. 자칫 자신만 우스운 사람이 될 수 있다. 이젠 병원 의사의 증언과 보험회사 전산망 조회에 희망을 걸어보는 수밖에 없다. 난 이렇게 머릿속으로 정리하고, 할머니가 실려 간 병원으로 향했다.

하늘에 먹구름이 잔뜩 끼어서 그런지 어둠이 물 먹인 창호지에 떨어뜨린 먹물처럼 순식간에 번져 나갔다. 아버지의 사망 통보를 받고서 아버지 시신이 안치되어있는 군부대를 방문하던 날 저녁도 이랬다. 초겨울의 쌀쌀한 바람을 가르며 달리는 지프차에는 고모와 나, 아버지 부관이었던 김 대위와 운전병, 이렇게 넷이 타고 있었다. 아버지는 당시 육군 대령으로 전방에서 보병 연대장으로 근무하고 계셨다. 야간 훈련 순찰 도중 지프차가 전복하여 그 자리에서 즉사한 것으로 처리되었고, 하루 만에 시신을 인계해가라는 통보를 받은 것이다. 유족이라곤 손아래 동생인 고모와 외아들인 내가 전부였다. 아버지는 어머니가 돌아가시기 전까지 그렇게 바람을 피우며 돌아다니면서도 배다른 자식을 만들지는 않았다. 어머니의 죽음으로 정작 새장가를 드실 형편이 되니 여자관계를 모두 청산하고 그다음부턴 술에 절어 사셨다. 어머니의 죽음이 아버지의 바람기 때문이라고 믿고 있던 내가 아버지를 좋아할 리 없었고, 아버지도 어릴 적부터 나를 탐탁지 않게 여기셨기 때문에 부자 관계가 남달리 냉랭했다. 그래서 난 아버지의 죽음에 대해 슬픔 같은 것을 느끼지 못했다. 고모만 시종, 작은오빠가 불쌍하다면서 연신 흐느꼈다.

갑자기 아버지의 죽음이 떠오른 이유는 무엇일까? 경찰에서의 사건 처리가 진실의 규명보다는 행정적 편의주의로 흐르고 있다는 느낌을 받았기 때문일까? 사실 아버지의 죽음도 행정적 편의주의에 따라 졸속으로 처리되었다는 의심을 지울 수 없다. 육군 연대장까지 하신 분이 데모하다가 끌려온 운동권 학생처럼 억울하게 의문사했다고는 할 수 없겠지만, 일이 외부에 알려지거나 확대되는 것을 원치 않는 군대의 생리상 문책의 범위가 넓은 총기 오발 사건 같은 것을 단순 교통사고사로 축소 처리할 수도 있다. 가만히 생각해 보니, 그날 함께 지프차를 타고 가는 내내 한마디도 않고 굳은 얼굴로 앉아 있던 김 대위의 행동도 뭔가를 숨기고 있는 것처럼 어색했었다. 아무리 사고사라고 하더라도 사고의 경위라든가 사인을 명확히 밝히지 않고 넘어간 것은 유족으로서의 의무를 방기한 것은 아니었나, 하는 때늦은 후회가 밀려왔다.

병원은 6층 건물을 통째로 쓰고 있었다. 교통사고 전문병원인 듯 골절상을 입은 입원 환자들이 깁스를 한 채 복도와 거리로 나와 제각기 무료함을 달래고 있었다. 난 접수처로 가 할머니의 이름을 대고 입원실을 물었다.

"김점례 할머니요? 그분, 엑스레이 찍고 약만 타가지고 가버렸는데요. 저기 왼편으로 돌아가면 응급실이 있는데, 거기 담당 의사 선생님이 계실 거예요. 자세한 건 그분께 물어보세요."

입원하지 않고 가버렸다는 말에 희미해져 가던 나의 확신이 다시 선명해졌다. 그러면 그렇지, 의사 앞에서 꾀병 부려봐야 금방 들통날 텐데, 별수 없으니 줄행랑치셨군, 하고 속으로 승리의 쾌재를 불렀다.

의사는 자리에 없었다. 대기실 의자에는 택시 기사로 보이는 50대 남자만 홀로 앉아 있었다. 사고를 내고 왔는지 수심에 가득 찬 얼굴이었다. 난 궁금한 것도 있고, 동병상련의 기분도 들고 하여 조심스레 말을 걸어보았다. 이런저런 얘기를 주고받는 과정에서 택시 기사는 병원 측에 대해 노골적인 불만을 터뜨렸다.

"이런 개자슥들, 교통사고로 왔다커먼, 무조건 전치 3주라니까. 슬쩍 스쳐도 전치 3주라구. 전치 3주면 어찌 되는 줄 아나? 운전자는 형사입건이야. 차 갖고 다니는 게 죄지. 가만 서 있는데, 지가 와 부딪혀도 전치 3주라니까. 니기미, 이래 갖구 어디 운전해 밥 먹구 살 수 있겠나. 선생도 보나 마나 전치 3주 끊어줄 게다. 내 안 봐도 훤하다."

"아, 그래요?"

건성으로 맞장구치는 사이에 담당 의사가 돌아왔다.

젊은 레지던트였다. 난 그에게 다가가 공손히 가해 차량의 운전자라고 밝히고 환자의 상태에 관해 물어보았다.

"어휴, 천만다행이에요. 환자는 외상도 없고 엑스레이상으로도 아무 이상이 없는데, 무릎 부위의 통증을 호소하더군요. 진통제를 주사하고 통원하면서 물리치료를 받도록 조처했어요. 크게 걱정하지 않으셔도 될 것 같아요."

외상도 없고 엑스레이상으로도 아무 이상이 없다는 말에, 이건 제대로 자해도 하지 못하는 완전 초짜 아마추어 공갈범이군, 이라는 말이 목구멍까지 튀어나올 뻔했다. 그러나 병원에서 그렇게 떠들어봐야 나만 이상한 사람으로 비칠 수 있기 때문에 참았다.

"저, 경찰서에서 진단서를 떼다 제출하라던데…"

"네, 제가 발급해드릴 테니 접수처에서 받아 가세요. 사고가 경미하니 전치 3주면 충분할 거예요."

의사는 많이 봐준다는 식으로 전치 3주를 천연덕스럽게 얘기하는 것이다. 난 전치 3주면 형사입건이라는 말에 잔뜩 졸아 있는데 말이다.

이번에도 병원의 입장에서 다시 생각해보았다. 병원은 기본적으로 환자 편을 들 수밖에 없다. 환자를 치료하는 것이 병원의 일이고, 환자들 덕분에 먹고 사는 게 병원이다. 환자가 진짜 아파서 그런 것인지 엄살로 그런 것인지는 중요하지 않다. 특히 교통사고의 경우 후유증이 언제 나타날지 모른다. 사고 당시는 괜찮은 것 같지만 시간이 지나면서 악화할 수도 있다. 따라서 경미한 증상이라도 최소한 전치 3주 정도로 진단해두는 것이 안전하다. 만약의 경우에 책임을 면할 수 있을 뿐 아니라, 병원 측의 이익도 증가하기 때문이다. 더구나 모든 병원이 암묵적으로 이러한 관행에 따르면 서비스 경쟁을 할 필요도 없다.

생각이 이쯤 이르자 의사의 소견을 증거로 내세워 위기를 탈출해보겠다는 나의 희망 사항이 얼마나 나이브했는가에 저절로 쓴웃음이 나왔다.

병원을 나서며 난 마지막 희망을 보험회사 측에 걸어보기로 하였다. 보험회사는 나와 이해관계가 일치하니깐 내 편을 들어줄 것으로 생각했다. 차에 돌아와 시계를 보니 오후 5:43을 표시하고 있었다. 아직 퇴근 시간 전이었다. 난 핸드폰으로 전화를 걸어 담당자를 바꿔 달라고 부탁했다.

"지금 외근 나가서 자리에 안 계시는데, 곧 연락을 취해 그쪽으로 전화를 드리도록 하겠습니다."

전화 받는 아가씨의 친절한 목소리가 오늘의 유일한 아군이었다. 난 다시 아버지 생각이 났다. 아버지가 살아계셨다면 전화 한 통으로 간단히 처리할 수 있는 일인데, 하는 생각이 들었다. 그러나 동시에 그런 생각을 하는 자신을 이성적으로 비난하였다. 빽이 통용되는 사회란 얼마나 부조리한 사회인가. 빽 있는 소수 때문에 빽 없는 다수는 얼마나 불이익을 당해야 하는가. 더구나 지금 내가 상대하고 있는 사람은 정말 먹고살기도 어려운 밑바닥의 힘없는 노인이 아닌가. 이런 노인을 상대로 하는 싸움에 빽을 동원할 생각을 하는 자신이 부끄러웠다.

이러한 갈등으로 잠시 혼란스러워진 사이 핸드폰 벨이 울렸다. 보험회사의 담당 조사원이었다.

"네, 선생님, 참 드럽게 걸렸수다. 피해자의 남편과 아들이라는 자를 만나봤는데, 증말 험악하게 나오데요. 당장 보상금 안 나오면 합의는 꿈도 꾸지 말라면서, 얼마나 욕을 해대는지… "

"그런 경우 보상금은 얼마나 나와요?"

"전치 3주 잡고, 병원비 빼고 한 돈 백만 원 나갈 거예요."

"아, 그래요. 그럼 일단 보상금을 지불하기로 하고, 합의를 보죠. 그건 그렇고, 자해 공갈 전력이 있는지 알아보셨나요?"

"자해 공갈 프로들은 그렇게 안 해요. 그 할머니, 보니깐 멀쩡하더구먼요. 일부러 뛰어들었다 해도 아마추어 초짜에 불과해요. 조사해보나 마나 보험 전산망에 잡힐 리 없어요. 공연히 일 벌이지 말구 잊어버려요."

전화를 끊고 나자 난 다시 맥이 풀렸다. 진실을 밝힐 수 있는 마지막 희망마저 사라졌기 때문이다. 생각해보니, 보험회사 측도 결국 내 편이 아니었다. 보상금이 크게 나가는 큰 사고의 경우에는 이해관계가 일치할 수도 있지만, 이런 자질구레한 사고의 경우엔 보상금이 크지 않은 데다가, 보험료 할증을 통해 가입자에게 전가할 수 있어서 보험회사 측은 손해 볼 것도 없다. 하물며 보험회사 직원 입장에서야 자기 돈 나가는 것도 아닌데, 한참 열 받아 있는 피해자 측 가족과 싸워가면서 가입자 편을 들어줄 리 없는 것이다.

어둠은 점점 깊어가고 사건은 갈수록 미궁 속으로 빠져들었다. 어린 시절 시골에 있는 큰아버지 집에 갔다가 마을 어귀에 있는 연못에 빠졌을 때도 이런 기분이었다. 어린 애의 작은 키에도 바닥이 닿을까 말까 한 낮은 연못이었다. 주위의 아이들은 모두 깔깔대며 재미있다는 듯이 바라만 보고 있는데, 나는 끝도 없는 심연 속으로 빨려 들어가고 있었다. 그때 느꼈던 캄캄한 어둠 속의 절망감과 야속함이 되살아나고 있었다. 다들 자기 문제 아니라고 발뺌하고 있는 꼴이 자해 공갈범 할머니보다 더 가증스러웠다.

그리고 한 달이 지났다. 차가운 겨울바람이 옷깃을 세우게 했지만, 거리의 자선냄비는 얼어붙은 마음을 녹여 주었다. 무대 장막처럼 어둠이 깔리자 교회 첨탑의 십자가에 불이 들어왔다. 성가대의 합창이 울려 퍼지고, 곧이어 우리 주 예수 그리스도의 강림을 봉축하는 목사님의 설교 소리가 마이크를 타고 예배당 밖으로 새어 나왔다. 난 예배당에 들어가지 않고 교회 앞마당에 은사시나무처럼 서서 지난 1년을 되돌아보며 자신이 잘못한 일에 대해 회개하고 있었다.

생각은 한 달 전의 그 사건 주변을 솔개처럼 맴돌고 있었다. 닷새 전 지방법원 즉심에서 50만 원 벌금형을 선고받음으로써 사건은 일단 종결되었다. 건널목 위에서의 교통상해 사건은 민사상의 합의를 보아도 형사상의 책임이 남기 때문에 벌금형을 받은 것이다. 이 사건으로 입은 경제적 손실은 컸지만, 난 아주 값진 깨달음을 얻게 되었다.

인간의 인식이라는 것이 얼마나 불완전하고 취약하고 허망한가 하는 것이다. 나 스스로는 사람을 치었다는 자각이 없지만, 그렇다고 치지 않았다고 단정 지을 수도 없다. 사람들은 자기가 보고 싶은 것, 듣고 싶은 것만 골라 보고 듣고 하는 경향이 있다. 내가 피해자 할머니를 자해 공갈범으로 보게 된 결정적인 이유는 목격자의 증언 때문이었다. 내가 듣고 싶었던 바였기 때문에 그토록 확신했는지도 모른다. 그런데 그 증언은 다시 들을 수도 없고, 목격자의 인식이 반드시 사실과 부합한다고 볼 수도 없다. 목격자도 운전자의 처지에서 상황을 인식하다 보니 그렇게 보였을 수도 있는 것이다. 결국 진실은 하느님과 그 할머니 자신만이 알고 있을 뿐이다.

내가 이렇게 인식의 확실성에 회의를 하게 된 것은 사실 열흘 전 아버지 기일에 만난 고모로부터 나의 출생을 둘러싸고 벌어진 집안의 비극적 사연을 듣게 되었기 때문이다. 고모는 마중하러 따라 나온 날 붙잡고 아파트 단지 내 작은 공원 벤치로 가더니 울먹이며 이런 얘기를 털어놓았다.

"집안일이고 고인의 명예가 걸린 일인지라 함부로 말하긴 좀 그렇지만, 이제 너도 알만한 나이가 되었으니, 내가 얘기하는 건데, 네 아비의 그놈의 미련한 의심 때문에 손이 귀한 집안에 아들이 하나밖에 없게 되었잖니…"

아버지는 육사를 졸업한 후 경기도 일대의 전방부대에서 지휘관으로 근무하던 중 어머니를 만나 서울 금호동 산동네에 조그마한 한옥을 한 채 장만하여 신혼살림을 차리셨다. 어머니가 당시로선 귀한 직장인 은행에 근무했기 때문에 아버지를 따라다닐 수 없었고, 아버지 쪽에서 한 달에 한두 번꼴로 집에 오셨다고 한다.

한 날은 아버지가 집에 와보니 어머니가 이불 속에 속옷 차림으로 누워 있고, 머리맡에는 시골에서 올라온 큰아버지가 앉아 계셨다는 것이다. 두 형제는 서로 머쓱하여 바라만 보다가 큰아버지 쪽에서 먼저 사태를 설명했다고 한다.

"집에 와보니 제수씨가 수도에서 빨래하다가 혼절해 쓰러져 있길래… 날씨도 쌀쌀하고 해서 젖은 옷은 내가 벗기고 눕혔다."

"……."

아버지는 묵묵부답이었지만, 뭔가 석연치 않아 하셨다. 기분은 나빴지만 그렇다고 아무런 근거도 없이 하늘 같은 형님을 의심할 수도 없고, 사정을 들어보니 정당할 뿐 아니라 고마운 조치이기도 했다. 어머니에게는 선천성 빈혈이 있어 이전에도 혼자 계시다가 쓰러지신 적이 있었다고 한다. 사실 큰아버지와 어머니 사이에 무슨 일이 있었는지는 큰아버지 외에 아무도 모른다. 어머니조차도 정신을 잃고 쓰러져 있었기 때문에 자신에게 무슨 일이 일어났는지 알 수가 없다.

그런 일이 있었던 후 내가 태어났고, 생각하기 나름이지만, 난 커갈수록 큰아버지 쪽을 더 많이 닮아갔다고 한다. 종갓집 종손인 큰아버지는 슬하에 딸만 셋이었는데, 내 남동생만 생기면 날 양자로 들여 대를 잇게 하고 싶다고 하셨다. 이쯤에 이르러 내 추억의 영사기도 돌아가기 시작했다. 방학 때 큰집에 내려가면 유별나게 나를 귀여워해 주신 큰아버지, 벽장 속에 감춰둔 곶감을 꺼내 사촌 누나들은 안 주고 내게만 주신 일이며, 날 자전거에 태우고 읍내 장터에 데려가 오리온 비스킷을 사주신 일이며, 동네 사람들에게 서울서 온 조카라며 자랑하며 다니신 일이며…

나에 대한 큰아버지의 애착은 대단한 것이었고, 그것이 아버지의 의혹을 더욱 깊게 만들었는지도 모른다. 아버지와 큰아버지의 혈액형은 둘 다 같은 A형이었기 때문에 혈액형으로 친자를 확인할 수도 없었고, 당시에는 유전자 검사도 없었다. 아버지의 의심은 나에 대한 외면과 어머니에 대한 학대로 표현되었고, 날이 갈수록 더 심해졌다. 이유 없이 밥상을 들어 엎고, 어머니에게 소리 지르고, 구타도 하고, 심지어 말리는 날 따귀 때려 코피를 흘리게 만들고… 그 만행을 겪으면서 난 아버지에 대한 증오를 키워갔고, 이다음에 커서 반드시 복수하리라 다짐했었다.

그러던 중 그 비극적인 사건이 일어났다. 어머니가 춘천에 있는 친정에 다녀오시는 길에 철로에 뛰어들어 자살하신 것이다. 내가 중학교 2학년 때의 일이었다. 삼베로 된 뻣뻣한 상복을 입고, 어이, 어이, 하며 거짓으로 곡을 하는 동안 내 가슴에 차오르는 것은 슬픔보다 분노와 치욕감이었다. 지금 생각해보면, 그것이 자살인지 사고사인지도 불확실하다. 유서도 남기지 않는 등 자살로 간주할 아무런 근거도 없었다. 다만 철도청 측에서 그렇게 통보해왔고, 정황상 아버지의 야만스러운 욕설과 폭행 후 가출하셨기 때문에 비관 자살했을 것이라고 모두가 쉽게 믿어버린 것이다.

"네 어미가 죽고 나서야 네 아비가 그놈의 미몽에서 깨어나 후회했지만, 어디 죽은 사람이 살아온다느냐? 네 어미에게 몹쓸 짓만 했다고 괴로워하며 허구한 날 술로 지새우더니 별도 못 따고 비명에 가버리다니… 에그, 불쌍한 것."

그날 이후 아버지는 집에만 오면 날 껴안고 울며 미안하다고 했다. 난 그 눈물이 대중목욕탕의 값싼 향수처럼 역겨웠지만, 아버지에 대한 복수심을 희석하는 데에는 효과가 있었다고 생각한다. 어머니가 돌아가신 후 3년 있다가 큰아버지가 돌아가시고, 그로부터 다시 4년 있다가 아버지가 돌아가셨다. 비록 아버지의 사과와 인정으로 난 아버지의 아들로 받아들여졌지만, 아버지가 지펴놓은 의혹의 불씨가 완전히 꺼진 것은 아니다. 과연 난 누구의 아들인가? 모두 한 줌 흙으로 변해버린 이 시점에 와서 어떻게 나의 정체성을 밝히란 말인가? 갑자기 아버지의 의혹이 저주스러웠다.

인간의 인식이 이처럼 불확실하고 허망한 것인데, 만약 그 할머니가 일부러 뛰어들어 부딪힌 것이 아니라 진짜 사고였다면? 생각이 여기에 미치자, 양심의 방망이질로 가슴이 두근거리기 시작했다. 그럴 경우 난 이중의 가해자가 된다. 육체적인 고통만 가한 것이 아니라 인격적 모독에 정신적인 고통까지 가한 것이 된다. 가난하고 소외된 이웃에게 이런 고통을 가한다는 것은 잔인하고 몹쓸 짓이다.

조금 전까지만 해도 분한 감정으로 들끓어 오르던 가슴이 이번에는 연민과 미안함의 감정으로 충만해졌다. 내일은 우리에게 사랑의 복음을 전해주신 아기 예수가 탄생한 날이다. 원수와도 화해할 수 있는 날이다. 그 할머니에 대해 그동안 너무 무심하고 섭섭하게 대했다는 반성이 들었다. 크리스마스 선물 세트라도 하나 사 들고 가서 인사하는 것이 인간 된 도리라고 생각되었다.

난 핸드폰 주소록에서 그 할머니 집 전화번호를 찾아냈다.

벨이 몇 차례 울리더니 젊은 남자가 전화를 받았다. 그 할머니의 아들인 것 같았다.

부드러운 목소리로 자기소개를 하고 용건을 밝혔다.

"저, 그동안 인사도 못 드리고, 미안합니다. 괜찮으시다면, 내일 오전 중에 잠깐 찾아뵙고 인사나 드리려고 하는데…"

"그럴 필요 없어요."

화난 듯 무뚝뚝한 목소리였다.

"빌어먹을. 두세 달 전에는 울 아부지가 똑같은 사고를 당하시더니, 요번엔 울 엄마까지… 올핸 일진이 안 좋네요."

순간, 내 마음속에 꺼져가던 의혹의 불길이 확 되살아났다. 건널목 건너편에서 살쾡이 눈빛으로 뚫어지게 지켜보던 노인이 불길 속을 걸어 나오면서 이렇게 속삭이는 게 아닌가.

— 임자, 내 시키는 대로만 하면 돈 백만 원 쉽게 벌 수 있다구.

—

불혹의 강

그녀로부터 한번 만나보고 싶다는 이메일이 왔다. 헤어진 지 24년 만의 연락이었다. 이 순간이 오길 얼마나 간절히 기다려왔던가. 사무치는 그리움과 회한으로 얼룩진 세월, 단 한 순간도 잊어본 적이 없는 여인이었다. 그녀를 떠나보내고 얼마나 오랜 시간을 방황했던가. 비 내리는 저녁이나 눈 내리는 밤이면 자기도 모르게 그녀와의 추억이 서려 있는 곳을 찾아 정처 없이 발길을 옮기기도 하고, 바람 부는 골목 공중전화 부스에서 수없이 망설임의 다이얼을 돌리기도 했다.

딴 여자를 안 만나본 것도 아니다. 그러나 그 어떤 여자도 사랑할 수 없었다. 그의 영혼은 오르페우스처럼 그녀를 찾아 지옥을 떠돌고 있었다. 결혼 같은 건 하지 않고 평생 그녀를 기다리며 살겠다고 마음먹기도 했다. 17년을 그렇게 보냈다. 그러다가 마흔이 다 되어서야 현실에 투항하여 그녀와는 전혀 다른 족속에 속하는 한 여인을 만나 가정을 꾸리게 되었다.

그런 그에게 그녀로부터 연락이 온 것이다. 반가움과 설렘으로 들떠야 할 그의 얼굴에 망설임의 어두운 그림자가 어른거렸다. 순간이었다. 한 사람의 꿈 많은 인생이 허공에 던져진 유리잔처럼 맥없이 박살 나는 것도. 사람들은 죽지 않고 살아있다는 것이 천만다행이라고 하지만, 몸의 장애로 인해 삶의 굴욕을 맛볼 때마다 그는 차라리 그때 깨끗이 죽어버리지 못한 것이 한스러웠다.

사고가 나기 전까지만 해도 그는 무신론자였다. 엄밀히 말해 변증법적 유물론자였다. 세계는 객관적 합법칙성에 따라 움직이며, 인간의 이성은 이 합법칙성을 인식할 수 있으며, 필연의 인식에 기초하여 올바른 실천을 하면 세계를 합목적적으로 개조할 수 있다는 진보사관의 신봉자였다.

사고 이후 그는 한 치 앞을 내다보지 못하는 인간의 인식능력과 세상사의 불가사의에 대해 깊이 생각하게 되었다. 학창 시절 진보적 시각에서 비판했던 계급적 불평등과는 전혀 다른 차원에서 전개되는 실존적 운명의 불평등에 대해서도 진지하게 고민해보게 되었다. 계급적 불평등이야 사회제도를 개선하면 어느 정도 완화할 수 있지만, 계급을 넘어 각 개인이 겪게 되는 운명의 불평등이야 어찌할 도리가 없지 않은가. 운명의 횡포 앞에 인간은 얼마나 무력한 존재인가.

"운명아, 비켜라. 내가 간다."라는 식으로 자신만만하게 살아온 그였다. 하지만 요즘은 "운명을 아는 자 하늘을 원망하지 않고, 자신을 아는 자 남을 탓하지 않는다(知命者 不怨天, 知己者 不怨人)."라는 말을 좌우명처럼 외고 다닐 정도로 삶을 대하는 태도가 달라졌다.

이처럼 불운의 사고는 그의 철학적 세계관을 변화시키는 계기가 되었다. 대학에서 철학을 전공한 그에게 세계관의 문제는 중요했다. 그는 불가지론자가 되었고, 급기야는 가톨릭교회에서 세례를 받기에 이르렀다. 지금은 일 년에 한두 번 성당을 찾는 냉담자이지만, 그의 가슴 한편에는 신앙의 모닥불이 타오르고 있었다. 다만 교회의 고리타분한 교리와 의식이 답답하여 가까이하지 않을 뿐이지, 그의 영혼은 이미 미지의 영역을 관장하는 하느님 곁에 가 있었다.

사고가 나기 전까지만 해도 그의 앞날은 창창한 듯했다. 그는 잘나가는 정치부 기자였다. 신문사 내에서도 평판이 좋았고, 확실히 끌어주는 인맥도 있었다. 장래의 편집국장 후보군 가운데 선두주자였다고 해도 지나친 말이 아니었다. 그뿐만 아니라 정치권에도 인맥이 두터웠다. 엘리트 기자들의 필수코스인 워싱턴 특파원과 도쿄 특파원을 두루 거치는 과정에서 쌓아온 인맥 덕분에 선거철이나 청와대 비서진 개편이 있을 때마다 그의 이름이 오르내린 적이 한두 번이 아니었다. 그의 재치 있는 문장력과 논리정연한 분석력, 그리고 의리를 지킬 줄 아는 그 특유의 친화력이 만들어낸 결과였다.

그러나 사고와 함께 모든 것이 어긋나기 시작했다. 입원이 장기화하면서 그는 한직으로 밀려났다. 업무의 공백도 한 원인이었지만, 그 스스로 출세를 추구하는 삶에 회의적인 태도를 보이면서 의욕을 잃은 것이 주된 원인이었다.

병원에서 보낸 6개월간의 감금 생활을 통해 그는 인생사의 거친 파도에 의해 난파당한 숱한 배들을 보았다. 자신은 아무 잘못이 없어도 찰나의 우연에 의해 혹은 알 수 없는 운명의 기획으로 고통받고 있는 숱한 인생들. 누굴 원망하고 누굴 미워하겠는가. 일단 저질러졌으면 되돌릴 수 없는 것이다. 되돌릴 수 없다면 받아들이고 사는 수밖에 없다. 몸부림쳐봐야 자신만 더 괴로울 뿐이다. 병원 생활을 통해 그가 깨친 것은 이러한 체념의 미학이었다.

하나 더 있다면, 알게 모르게 스며든 허무주의였다. 결국 뛰어봐야 벼룩인데, 도토리 키 재기식으로 아등바등하며 살아가는 경쟁적인 삶이 싫어졌다. 남의 부러움을 사는 화려한 인생도 안을 들여다보면 곪을 대로 곪아있는 경우가 대다수라는 것을 기자 생활 20년을 통해 익히 알고 있었다. 출세라는 것이 결국은 남을 딛고 올라서서 조금 더 폼 잡아 보려는 것에 불과한데, 그런 비인간적인 허욕을 위해 인생을 낭비하고 싶진 않았다.

퇴원 후에도 그는 다리를 심하게 저는 장애를 안게 되었다. 100m를 채 못 걷고 길가에 앉아 쉬다 갈 때가 많았다. 그럴 때면 두 다리로 성큼성큼 걸어가는 뭇사람들이 그렇게 부러울 수가 없었다. 머리로는 자신의 운명을 체념적으로 받아들이고 있었지만, 자존심이 강한 그의 마음은 자신의 망가진 모습을 아는 사람들에게 보이고 싶지 않았다. 왠지 그것만은 잘 허용되지 않았다.

이러한 마음의 벽이 점차 그로 하여금 대인기피증에 빠지게 하였고, 급기야는 퇴직을 결심하게 했다. 신문사를 그만둔다고 했을 때 처의 강력한 반대가 있었지만, 자기 생각대로만 살아온 그의 고집을 꺾을 수는 없었다. 그는 퇴직한 후에도 프리랜서 활동 등을 통해 많은 수입을 올릴 수 있다는 식으로 처를 설득하면서 기어이 퇴직하고 말았다.

백수 대열에 합류한 그는 오랜만에 해방감과 여유로움을 맛볼 수 있었다. 정신없이 앞만 보고 달려온 세월이었다. 언제나 마감 시간에 쫓겨 급하게 글을 쓰고, 대인관계를 원만하게 하려고 신경을 써야 했다. 의식적으로 사회적 약자의 편에 서려고 노력하였지만, 구체적인 대인관계에서는 자기도 모르는 사이에 윗사람의 눈치를 살피거나 비위를 맞추기에 바빴다. 이제는 자기가 쓰고 싶은 글만 써도 되고, 그 누구의 눈치도 안 봐도 된다는 생각에 그의 마음은 날아갈 것만 같았다. 적게 벌고 적게 쓰면 되는 것을 부질없는 욕심 때문에 자기가 하고 싶은 것도 못 하고 스트레스만 받으면서 살아왔다는 후회가 들기도 했다.

백수 생활 1년 만에 그는 세상에는 두 부류의 인간이 있다는 것과 나이가 들수록 돈의 위력이 커진다는 평범한 진리를 새삼 깨닫게 되었다. 세상에는 남의 돈으로 술 마시고 돌아다니는 놈과 자기 돈 내고 술 마시는 놈이 있는데, 전자는 거대 조직에 속해 있으면서 자신의 지위를 이용해 조직의 자원을 슬쩍 사적으로 전용할 수 있는 자들이다. 이들은 현직에 있는 한 범털 대우를 받지만, 그 자리를 뜨는 순간 개털로 전락한다. 특히 술집에 가면 술집 주인이 술값을 대신 내준다는 악명 높은 3대 직종, 즉

검사와 세리와 기자의 경우가 그렇다. 이에 비해 후자에 속하는 사람들은 나이가 들수록 그 위상이 상대적으로 높아진다. 문제는 돈이다. 늙어서 돈 없으면 어딜 가나 찬밥 신세다. 그는 남들 다 아는 사실을 혼자 뒤늦게 깨닫고선 술만 마시면 마치 대단한 진리를 발견한 양 늘어놓았다.

백수 생활 2, 3년이 지나면서 그는 각박한 세상인심을 더욱 실감하게 되었다. 직업상의 인연으로 만나 맺은 인간관계의 대부분이 허공 속의 담배 연기처럼 가뭇없이 사라져버린다는 건 익히 알고 있었다. 문제는 서로 살을 맞대고 사는 부부도 경제적 문제로 인한 불화를 자주 겪다 보면 서로에의 존경심과 애정을 상실하게 된다는 것이다. 처의 입에서 그를 원망하거나 무시하는 발언이 늘어나면서 부부관계는 점점 냉랭해져 갔다.

그는 무시당하는 것을 견딜 수 없었다. 그럴 때마다 화를 내기보다는 입을 굳게 다물어버렸다. 처에 대한 감정이 차갑게 얼어붙을수록 그의 가슴 깊은 곳에 숨겨놓은 첫사랑에 대한 그리움은 장작불에 기름 부은 듯이 활활 타올랐다. 그러나 그의 마음은 미노스의 미로처럼 복잡하기만 했다.

이 무렵 그는 시 비슷한 것을 끄적거리기 시작했다. 고교 시절 문예반 활동을 하면서 가졌던 오래된 습관이었다. 굳이 시라고 부르지 않는 이유는 시에 대한 겸손 때문이라기보다는 자기 감정의 표현에 형식적 구속을 당하기 싫어서였다. 그는 요즘 시들이 가진 난해성에 대해 뿌리 깊은 불만과 의심을 품고 있었다. 시인의 상상력이 독자들의 이해력에 구속되어서는 안 되겠지만,

시인 자신이 진짜 정직하게 시를 쓰고 있는가에 대해 의심을 품고 있었다.

암튼, 그녀의 이메일을 받고서 그는 오래전에 끄적거리다 만 시 비슷한 것을 꺼내 다시 읽어보았다.

때로는 사랑하는 사람으로부터 잊히고 싶을 때가 있다.
남몰래 숨겨온 그리움보다 더 애절한 것 어디 있으랴마는
오월 푸른 하늘처럼 드높았던 청운의 꿈도
세월이 흐르고 운명의 손톱에 할퀴다보면
낡은 구두 속의 해진 양말처럼 볼품없어지거늘
그래서 스스로 발길을 돌려야 하는 이 아픈 마음을
사랑하는 사람은 알고나 있을까.

풀잎 끝에 맺힌 이슬 같은 눈물방울이 그의 안경 너머로 반짝였다.

첫사랑의 연인을 다시 한번 만나보고 싶다는 건 모든 남자의 숨겨진 로망일 것이다. 특히 그것이 주위의 반대로 인해 비련으로 끝났을 경우 그 간절함은 더욱 클 것이다. 내일은 미지의 안개에 싸여 있기에 무한한 가능성을 약속하고, 젊음의 패기는 실패를 모르기에 겁 없이 도전할 수 있는 시기에 함께 나눈 사랑, 그 사랑이 기성 질서 안에서 안정적인 인생을 꾸려 나아가길 바라는 상대방 부모의 반대에 부딪혀 좌절했을 때, 오기 있는 남자라면 누구나 한 번쯤은 '위대한 개츠비'를 꿈꿔보았을 것이다.

그러나 인생은 그리 만만한 것이 아니다. 성공을 꿈꾼다고 해서 모두 성공할 수 있는 것은 아니다. 그 꿈을 이룬 자가 얼마나 되겠는가. 대다수의 삶은 일상의 감옥에 갇혀 그저 그렇고 그렇게 소진되고 마는 것이다. 낡은 구두 속의 해어진 양말처럼 볼품없이 말이다. 더구나 사나운 운명의 폭풍을 만나 난파당한 사람들도 더러 있다. 그의 경우처럼.

학창 시절 그는 박학한 지식과 뛰어난 언변으로 두각을 나타냈다. 특히 후배들 사이에서 카리스마가 있었다. 그 자신은 물론 많은 사람이 그의 성공을 의심치 않았다. 무엇을 하더라도 성공할 자신이 있었다. 행운의 여신은 항상 자신을 향해 미소를 지어줄 것만 같았다. 불혹의 강을 건너기 전까지만 해도 그의 인생은 그런대로 성공 가도를 질주하는 듯했다.

그런 그가 운명의 덫에 걸려 좌초한 것이다. 이성적으로는 이런 경우에 어떻게 대처해야 하는지 알고 있었다. 삶의 목표를 출세 지향적 모드에서 자기 만족적 모드로 전환하고, 눈높이를 낮추고, 타인의 시선을 의식하지 말고, 작은 데서 행복을 찾으며 소박하게 살아가면 된다.

그녀를 만나서도 자신의 현실을 담담하게, 있는 그대로 보여주면 된다. 당당하고 의연한 모습으로 자신의 운명을 받아들이고 살아가는 모습을 보여주는 것만으로도 그녀를 실망하게 하지는 않을 것이다. 사려 깊고 이해심 많은 여자이다. 하물며 불혹을 넘긴 나이에 그 정도 이해해주지 못하겠는가.

생각은 그런 데까지 미치고 있었지만, 그의 마음은 아직 망설임의 소용돌이를 벗어나지 못하고 있었다. 어둠 속에 빨간 담뱃불만 그의 알량한 자존심처럼 꺼질 줄 모르고 타오르고 있었다.

거리는 비에 젖어 있었다. 그 위로 어둠이 수묵처럼 번져갔다. 술에 취한 듯이 붉은 눈동자를 껌벅이며 가로등은 마로니에 벤치를 내려다보고 있었다. 약속 시간까지는 40여 분이 남아 있었다. 담배 연기를 길게 내뿜으면서 그는 세월의 심연 속으로 빨려들어갔다.

"푸시킨을 좋아하세요?"

약간 떨리는 목소리로 말을 건넨 것이 27년 전 이맘때 이곳에서였다.

푸시킨에 대해 아는 것이라곤 그가 "삶이 그대를 속일지라도 노여워하거나 슬퍼하지 말라."라는 유명한 시구를 남긴 러시아의 시인이라는 것이 전부였다.

그녀의 팔에 안겨 있는 러시아어 사전을 보고 그녀가 러시아 문학을 전공하는 학생일 것으로 추측하고 질러본 것이 적중한 것이다.

이렇게 말을 붙여 그녀와 차를 마신 것이 계기가 되어 그는 러시아 문학과 러시아 역사에 대해 편집광적으로 몰두하게 되었다. 지적 호기심에 의해 발동되었다기보다는 지적 과시욕을 충족시키기 위해서라는 표현이 더 정확할 것이다. 톨스토이와 도스토옙스키는 물론 솔로호프나 고리키, 마야콥스키 등에 이르기까지 닥치는 대로 읽고 와, 그녀와 대화를 나누면서 잘난 척하였던 것이다. 그의 그런 철없는 행동을 그녀는 묵묵히 지켜봐 주고 격려해주었다.

러시아에 대한 그의 관심은 문학에 그치지 않았다. 관심 영역이 역사와 철학 분야까지 확장됨에 따라 그는 자연히 마르크스 레닌주의와 볼셰비키 혁명에 관한 책을 접하게 되었고, 당시 5공의 정치적 억압 상황과 맞물려 그는 좌익 학생운동에 점차 깊이 관여하게 되었다. 그런 그를 그녀는 한편으로는 동조하면서도 한편으로는 걱정스러운 눈으로 바라볼 뿐이었다.

그 역시 그녀를 학생운동 조직 활동에 끌어들이지는 않았다. 당시 학생운동의 경직되고 편협한 문화가 그녀에게 맞지 않을 것이란 걸 잘 알고 있었기 때문이었다. 그 때문에 그들의 만남은 언더그라운드 조직원들의 만남보다 더 비밀스럽게 이루어졌다. 만 3년을 사귀는 동안 이들의 관계를 눈치챈 친구는 하나도 없을 정도였다. 그러던 어느 날 아주 격렬한 반정부 시위가 있었고, 시위에 앞장선 그가 경찰에 연행되었다. 며칠간의 혹독한 심문이 있고 난 뒤, 그는 강제 징집되어 최전방에 배치되었다. 그것이 그녀와 헤어지게 되는 계기가 될 줄이야…

그녀는 유복한 집안의 맏딸이었다. 딸만 삼 형제였다. 아버지는 정치적으로 영향력 있는 인물이었다. 당연히 데모나 하고 다니는 과격파 학생을 좋아할 리가 없었다. 결혼으로 맺어지질 못할 사랑이라면 빨리 정리하는 것이 좋다는 것이 나이 든 어른들의 경험적 지혜였다. 그가 군대 가 있는 사이 그녀는 대학을 졸업하고 얼마 안 있다가 어른들이 좋아하는 치과의사와 결혼하였다. 그 과정에서 그녀가 어떤 갈등을 겪었는지는 그도 모른다.

그가 대학에 돌아와 그녀를 찾았을 때 그녀는 이미 배 속 아이의 엄마가 되어 있었다. 오랜 방황과 망설임 끝에 건 그의 전화를 그녀는 끝내 받지 않았다. 다만 친구를 통해 카세트테이프 하나를 전해왔을 뿐이다.

아직도 그가 소중히 간직하고 있는 그 테이프에는 그녀의 피아노 연주가 녹음되어 있었다. Perhaps Love…

그리고 얼마 후 그녀는 이 땅을 떠났다. 단풍이 우거진 캐나다의 어느 소도시로 이민 간다는 풍문만 남긴 채.

비 갠 밤하늘엔 검은 구름 사이로 그믐달이 창백한 얼굴을 내밀고 있었다. 찬 공기를 몰고 온 가을바람에 벌거벗은 나무들이 슬픈 짐승처럼 울부짖었다. 27년 전 그녀를 만난 그 시각을 향해 시곗바늘은 부지런히 움직이고 있었다. 그는 먼발치에서 그녀를 기다리고 있었다. 바람에 흔들리는 앙상한 가지처럼 그의 헐벗은 마음은 아직도 흔들리고 있었다.

시곗바늘이 정각을 조금 지나고 있을 때 검은 세단 한 대가 마로니에 벤치 옆으로 소리 없이 굴러와 멈췄다. 헤드라이트가 꺼지고, 잠시 후 시동도 꺼졌다. 오랜 정적이 흘렀다. 마침내 기다리다 못 참겠다는 듯이 뒷좌석의 문이 열렸다. 베이지색 바바리 코트에 같은 계열 색깔의 챙이 넓은 모자를 깊이 눌러 쓴 중년 여인이 차에서 내렸다.

멀리서 봐도 그녀임을 한눈에 알아볼 수 있었다. 병약해 보이는 갸름한 얼굴에 우아한 자태, 20여 년의 세월이 흘렀지만 크게 변한 것은 없었다. 찬 바람이 불어와 뺨을 스치자 코트 깃을 여미는 동작까지 옛 모습 그대로였다. 목을 감고 있는 오렌지 빛깔의 화려한 스카프도 그녀의 취향 그대로였다.

그의 가슴이 쿵쿵 울렸다. 어디선지 모르게 용솟음쳐 오르는 알 수 없는 감정으로 그는 숨이 멈출 것만 같았다. 그녀에게 다가가기 위해 발길을 옮기려 했으나 발이 떨어지지 않았다. 순간 잠시 잊고 있던 핸디캡에 대한 열등감이 불쑥 고개를 들었다. 아, 그녀에게 망가진 내 모습을 보여주고 싶지 않다는 생각이 불편한 다리를 더욱 무겁게 만드는 것이었다.

그는 어둠 속에 장승처럼 서 있었다. 왠지 꼼짝할 수가 없었다. 그러는 사이 10분이 지나고, 20분이 지나갔다. 분수처럼 떨어지는 희미한 가로등 불빛을 맞으면서 그녀는 마로니에 벤치 주변을 계속 서성거렸다. 찬바람에 가벼운 기침을 콜록콜록하면서…

이윽고 검은 세단의 운전석 문이 열리더니 건장한 체구의 서양 남자가 내렸다. 은발의 노신사였다. 다감한 손길로 그녀의 어깨를 감싸더니 뭐라고 그녀를 설득하는 것 같았다. 그녀는 마지막으로 기다림의 눈길로 주위를 한 바퀴 돌아보더니 노신사의 친절에 따라 차에 올라탔다. 뒤이어 노신사도 운전석으로 몸을 감췄다. 차는 곧바로 출발하지 않고 그 자리에 멈춰 서 있었다. 그녀의 아쉬움과 미련만큼이나 긴 꼬리를 물고 서 있다가 조용히 어둠 속으로 사라져 가버렸다. 모두가 떠난 빈자리를 11월의 그믐달만 외로이 지키고 있었다.

그날 밤의 비겁한 행동에 대해 그는 처참할 정도로 자신을 학대하였다. 살아오면서 부끄러운 일을 많이 겪고 당해왔지만 이처럼 부끄럽기는 처음이라고 생각했다. 왜 그런 행동을 했는지는 자신도 이해가 안 갔다. 기다림에 지쳐 돌아설 때 그녀가 얼마나 실망하고 허탈해했을까를 상상하면 할수록 그는 죄책감으로 가슴이 에는 듯했다.

세상의 모든 사람이 다 나를 버리고 배신한다 해도 그녀만은 날 배신하지 않을 것이라는 믿음이 있었다. 이러한 믿음에는 그에 상응하는 반대급부가 전제되어 있기 마련이다. 즉 세상에 무슨 일이 있어도 그녀를 저버리지 않을 것이라는 스스로에 대한 다짐이 있었다. 그에게 그녀는 인간에 대한 믿음의 마지막 보루였다. 24년 만의 약속을 지킴으로써 그녀는 인간에 대한 믿음을 살려주었다. 그런데, 나는 뭔가, 인간에 대한 믿음을 저버린 게 아닌가, 이것은 세상을 삭막하게 만드는 중대한 범죄가 아닐 수 없다, 이런 생각이 그의 뇌리에 파고들수록 그의 괴로움은 더욱 커질 수밖에 없었다.

그 후 그는 오랜 망설임 끝에 그녀에게 변명과 사과의 편지를 몇 번이나 썼다가 지우곤 했다. 그래도 아무 말 없이 넘어가기보다는 구차스럽더라도 사정을 설명하는 것이 그녀의 상처 입은 마음에 조금이라도 위안이 될까 하여 용기를 내서 이메일을 보내기도 했다. 그러나 그녀로부터 아무런 회신이 없었다. 그러기를 몇 차례 반복하는 사이에 계절이 한 바퀴 돌아 다시 가을이 왔다.

햇살 맑은 10월의 어느 날이었다. 하늘은 눈이 시리도록 푸르렀고, 바람은 부드럽다 못해 감미로웠다. 산책에서 돌아온 그는 아파트 1층 편지함에서 외국 우표가 붙어있는 하늘빛 편지 한 통을 발견하였다. 마치 천국에서 온 편지 같았다. 너무나 선명하게 그녀의 글씨로 그의 이름이 또박또박 새겨져 있었다.

그는 집으로 올라가지 않고 공원으로 발길을 돌렸다. 평소 즐겨 찾던, 모퉁이에 있는 벤치로 가 앉았다. 그리고 떨리는 가슴으로 조심스럽게 봉투를 뜯고 편지를 꺼내 읽어 내려갔다.

이 편지를 받아보았을 때 저는 더 이상 이 세상 사람이 아닐 겁니다. 남편에게 내가 죽은 다음에 이 편지를 부쳐달라고 부탁했으니깐요.

무슨 얘기를 어디서부터 시작해야 할지 모르겠네요. 머리카락 빠지듯이 온몸의 기운이 빠져나가 힘이 하나도 없어요. 이러다가 넋을 붙들 힘마저 없어지면 죽는 거겠죠. 영혼이 늙고 병든 육신을 벗어나 어디론가 날아가 버리겠죠.

이제 함께할 시간이 얼마 안 남았어요. 마치 면회 시간이 제한된 수인들처럼. 그러고 보니 우린 모두 사형수들이네요. 태어날 때부터 죽음을 선고받은. 단지 사형집행일이 언제일지 모르고 있을 뿐이죠. 저는 사형집행일마저 어느 정도 예측 가능한 기결수예요. 의사의 말로는 이제 한 달을 넘기기 힘들대요. 그 예측

대로라면 난 10월이 오기 전에 천국의 계단을 오를 것이고, 당신은 10월이 다 가기 전에 이 편지를 받아볼 수 있을 거예요.

참, 우리가 처음 만난 11월 11일이 한국에선 연인들의 날이 되어 있더군요. 이날은 사실 내 생일이기도 해요. 자기가 태어난 날 만난 연인과는 반드시 헤어져 다시 만날 수 없다는 서양의 미신이 있는데, 이것을 알고 나서 얼마나 울었는지 몰라요. 말도 안 되는 미신이라고 생각했지만, 마치 아폴론의 신탁처럼 우리 사랑의 비극적 운명을 암시하는 예언 같았거든요. 그리고 27년이 지난 시점에서 돌이켜보면, 사실 그렇게 되었고 말이에요.

기억하세요? 우리 처음 만난 해 크리스마스 전날 밤 둘이서 촛불 켜놓고 파티하면서 30년 후에 우리가 어떻게 되어있을까 궁금하다면서 우리가 처음 만난 그 시간, 그 장소에서 다시 만나기로 한 약속. 그때만 해도 난 싱거운 약속이라고 생각했죠, 난 당신과 일상을 함께 나누는, 항상 당신 곁에 머무는, 당신의 아내가 되어 있을 줄 알았거든요.

우리가 약속한 30년 후의 그 날을 기다리기엔 내게 남겨진 시간이 그리 많지 않다는 예감이 들었어요. 암 수술을 받은 후라 몰골도 말이 아니고, 심신이 극도로 쇠약해져 있었죠. 그래서 3년 앞당겨 작년 가을에 당신을 만나자고 한 것이고, 제 몸 상태가 너무 좋지 않아 혼자 나가지 못하고 남편과 함께 약속 장소에 나간 거예요. (한국에서 만난 치과의사 남편과는 9년 전에 헤어졌고, 3년 전에 두 번째 남편인 폴을 만나 지금 그의 보살핌을 받고 있답니다. 폴을 만날 때만 해도 건강하고 예뻤는데, 그와 재혼한 지 1년 2개월 만에 암이라는 진단을 받았어요. 폴에게 너무 미안해요. 행복한 노후를 보내기 위해 결혼한 것인데, 이렇게 궂은일로 부담만 주고 말았으니. 인생은 히든카드를 알 수 없는 포커 게임 같다고 그는 말하죠. 자기는 자신의 베팅에 후회하지 않는다면서 허허 웃더군요.)

애기가 두서없이 전개되는군요. 암튼, 약속 장소로 나가면서도 저는 우리 사랑의 운명에 대한 저 기분 나쁜 예언이 실현될지 어쩔지 궁금했답니다. 결국 당신은 나타나지 않았고, 우리는 다시 만나지 못했습니다. 역시 개인의 의지로는 되지 않는 운명이 있나 봅니다.

제가 이런 말을 하면 당신은 여전히 "운명이란 기성 질서를 유지하기 위해 지배계급이 고안해낸 이데올로기적 지배전략에 불과한 거야."라고 핏대 올리며 열변을 토하실 건가요. 신념에 가득 찬 당신의 열정적인 모습이 참 좋았습니다. 그때 당신에겐 분명 우리가 갖지 못한, 범상치 않은 무언가가 있었습니다. 알 수 없는 그 힘에 압도되어 우리 모두 당신에게 이끌렸죠.

시대가 변하고 나이가 든 지금은 어떤 모습을 하고 있을까 궁금했어요. 빛나는 과거의 전설을 우려먹으면서 빛바랜 오늘을 냉소적으로 살아가는 패배주의자의 삶도, 탐욕스러운 열정과 오만으로 남들 위에 군림하고 성공을 과시하기 위해 몸부림치는 출세주의자의 삶도 당신에겐 안 맞아요. 내가 상상하는 당신은 인생의 다양한 측면과 아픔을 아는, 그래서 남을 배려하고 자기를 낮출 줄 아는, 겸손하고 내면이 깊은 사람, 그러면서도 갈

무리된 열정과 책임감으로 자기 분야의 일을 확실히 하는 사람이에요. 맞죠? 이것이 당신에게 주어진 운명적인 인간상이에요. 나의 예지가 틀리지 않는다면, 당신은 분명 그런 사람이 되어 있을 거예요.

아, 점차 힘이 달리네요. 당신에게 마지막 인사를 해야겠어요. 당신과 만나 행복했어요. 함께 보낸 시간은 짧았지만, 우리 인생에서 가장 고결하고 빛나던 시기였잖아. 사실 내 마음은 한 번도 당신 곁을 떠난 적이 없어요. 당신이 승승장구할 때도, 당신이 좌절하고 절망에 빠져 있을 때도…

살다 보면, 특히 불혹의 강을 건너다보면, 별의별 일이 다 생기죠. 너무 감당하기 어려운 일을 당하면 순간적으로 삶의 끈을 놓고 싶은 유혹이 들기도 한답니다. 그 유혹을 물리치는 것이 얼마나 장한 일인가요. 불혹이란 욕망의 유혹을 이겨낸 자들보다는 죽음의 유혹을 이겨낸 자들에게 주어져야 할 명예스러운 호칭이 아닌가 생각합니다.

막상 죽음이 눈앞에 닥쳐오니 인생이란 그리 짧지도 길지도 않게 느껴지네요. 미련도 후회도 없답니다. 그저 운명일 따름이죠. 이제 우리 만남의 제1막이 막을 내리는군요. 안녕히…

시

불[火]

— 만물의 세계사 1

하늘과 땅 위의 모든 짐승이 두려워하는 것
그것을 가질 수만 있다면
독수리의 날개도, 사자의 이빨도 부럽지 않은 것

맹수들의 기습을 따돌릴 수도 있고
언 손발을 녹일 수도 있으며
날것을 익혀 먹을 수도 있고
어두운 밤도 대낮처럼 밝힐 수 있는 것

불!
그 뿌리치기 어려운 유혹
프로메테우스의 위험한 선물

불과 함께한 따뜻한 세월
어머니 자연의 품을 떠나온 인간은
마침내 숲을 태워 밭을 만들고
진흙을 구워 도시의 성벽을 쌓아 올리고
쇠를 녹여 쟁기와 칼을 만들었다

불길이 활활 타오를수록

문명의 밤은 더욱 깊어갔다
생산은 늘어나도 굶주림은 줄어들지 않고
생활이 편리해진 만큼 고된 노동은 늘어났다
야수의 습격은 물리쳤지만
그보다 더 잔혹한 인간의 습격이 일상화되었다

아득한 저 옛날 프로메테우스는
자연의 그늘에 낮잠 자고 있던 인간에게
달콤한 꿈을 선물했다
빛과 어둠을 구별하는 능력과
빛을 동경하는 욕망과
빛을 지배할 수 있다는 오만을
그러나 그는
빛이 만드는 그늘에 대한 경고를 빼먹었다

프로메테우스를 괴롭히고 있는 것은
간을 쪼아대는 독수리만이 아니다
정녕 견디기 어려운 것은
인간의 어리석은 불장난을 볼 때마다 느끼는
자신의 경솔함에 대한 뼈저린 후회일 거다

창과 방패
— 만물의 세계사 2

작고 힘없는 동물이지만 두 손은 자유로웠다
할 일 없는 두 손이 할 일을 찾았을 때 창이 탄생하였다
버려진 나무토막을 주워든 순간 그의 긴 팔이 되었다

창으로 높은 곳에 달린 열매를 딸 때 그는 깨달았다
타고난 신체 조건에 순종하면서 살 필요가 없음을
짐승의 가죽을 자신의 피부처럼
단단한 돌멩이를 자신의 주먹처럼
뾰족한 나뭇가지를 자신의 발톱처럼 사용할 수 있음을 알았다
가죽옷과 돌도끼와 날카로운 창으로 무장한
두 발로 걷는 동물이 생태계에 등장한 것이다

그는 바람처럼 날아가 먹이를 낚아채는 독수리가 부러웠다
날개 없음을 탓하지 않고 창에 날개를 달 궁리를 했다
처음엔 창던지기를 통해, 나중엔 활과 화살을 통해
그는 독수리의 날개 달린 발톱을 갖게 되었다

꿈같은 세월이 흐르고 흘러
수렵의 시대가 가고 약탈의 시대가 왔다
사냥의 대상이 짐승에서 인간으로 바뀌면서

그는 날아오는 창과 화살을 막아야 했다
거북이 등보다 더 단단한 껍질을 갖기 위해
구리를 녹여 방패와 투구와 갑옷을 만들어 입었다
이를 뚫기 위해 창과 화살과 칼날은 더 날카로워지고
이를 막기 위해 방패와 투구와 갑옷은 더 단단해지는
공진화(共進化) 과정이 끝없이 이어졌다

창은 화살이 되고, 화살은 총알이 되고,
총알은 미사일이 되고, 미사일은 바이러스가 되는 동안
방패는 성이 되고, 성은 참호가 되고,
참호는 레이더가 되고, 레이더는 백신으로 진화하였다
창과 방패의 적대적 사랑은 아직도 끝나지 않았다

창과 방패의 역사를 돌아보니
학창 시절 어디선가 주워들은
모순은 역사 발전의 원동력이라는 말이 생각난다
그때는 모순이 적대적 사랑인 줄 몰랐다
상대방의 진화를 서로 이끌고 있다는 걸 보지 못했다
앵무새가 되어 대립물의 투쟁만을 따라 외쳤다
왜 자본주의가 망하지 않고 계속 진화하고 있는지를

왜 혁명은 타락할 수밖에 없는지를

왜 우리들의 청춘은 고독할 수밖에 없었는지를

알 수 없었다

말[馬]

— 만물의 세계사 3

운명의 패러독스란 너를 두고 하는 말이다
싸움을 모르는 초식동물로 태어나
피비린내 나는 싸움터를 너만큼 뛰어다닌 짐승이
세상에 또 어디 있으랴

하늘 아래 가장 영악한 짐승인 인간과 마주치면서
네 운명의 뒤틀림은 시작되었다
우크라이나의 대평원을 바람처럼 달릴 수 있는
튼튼한 다리와 폐활량이 네 자유의 올가미가 될 줄이야
넌 인간이 갖지 못한 능력을 갖춤으로써
정복의 대상이 되고 말았다

너를 길들이기 위해 인간은 울타리를 치고 거세시키고
재갈을 물리고 안장을 얹는 등 온갖 궁리를 다 했단다
네가 인간에게 충성을 보이자
너는 약탈 전쟁에 동원되기 시작했다
처음에는 전차를 끌고서, 나중에는 전사를 태우고서
불과 화살이 쏟아지는 살육의 현장을 얼마나 달렸던가
왜 서로 죽이고 죽는 줄도 모른 채

네가 달려온 세월이 바로 문명의 역사였다
지구상에 말발굽 소리가 안 울리던 날이 없을 정도로
인간은 잔혹하게 너를 부려 먹었다
얼마나 많은 파괴와 잔인함을 목격했던가
호수와 같은 슬픔이 고여 있는 네 눈망울이 말해준다
문명이란 폐허 위에 세워진 탐욕의 바벨탑임을

네 등 위에서 또 얼마나 많은 권력자가
세상을 호령하다가 쓰러져갔는가
인더스강을 건너던 알렉산드로스도
만리장성을 세우던 시황제도
유라시아 대륙을 휘달리던 칭기즈 칸도
헤겔이 <마상의 세계정신>이라 불렀던 나폴레옹도
불멸의 제국을 꿈꿨건만 모두 부질없는 욕망이었음을
너는 가장 가까이서 보지 않았느냐

20세기의 기계문명은 지구상의 숱한 종족들에겐
끔찍한 재앙이어도, 너에겐 해방의 기회였다
자동차와 탱크가 너를 대신함에 따라
이제야 넌 은퇴할 수 있게 되었다

그래, 편안한 노후를 맞이하기 바란다
경마장의 경주마나 되어 인간의 헛된 욕망이 빚어내는
개인사적 비극이나 보면서 편히 살아라
문명의 잔혹사가 너의 영웅적 전설과 함께 막을 내리길
기도해본다

문자

— 만물의 세계사 4

허공에 떠돌다 사라지는 소리를
영원히 붙들어둘 수는 없을까
기억 속에 머무는 생각들을
망각의 안개로부터 지킬 수는 없을까

신의 기억력을 탐내는 자들이 나타나
유프라테스강 변의 점토판에
나일강 변의 파피루스에
황하 변의 거북이 등짝에
자기들끼리만 통하는 부호를 새기기 시작하면서
인류는 망각의 강을 건너
선택된 기억의 세계로 이주하였다

문자, 돌에 새긴 기억
사라져 가는 것에 관한 안타까움과
불멸에의 욕망이 어우러져 빚어낸
생각의 도자기

여기에 개인들의 조각난 앎을 담아 모으고
서로 나누고 널리 옮김으로써

자연사적 진화의 눈먼 골목길을 벗어나
사회적 진보의 열린 광장에 서게 되었다

이는 자연에 대한 독립선언이요
동물의 왕국으로부터의 엑소더스였다
문명의 탯줄은 모두 여기에 닿아 있고
역사의 강물은 모두 여기서 비롯되었다

문자를 가진 자들은
앞서간 자의 경험으로부터 배워
농경을 지도하고
곳간을 관리함으로써
물질을 지배하는 힘이 된다

神의 말씀을 전하고
사람들이 지켜야 할 도리를 정하고
어린 애들을 가르침으로써
영혼을 지배하는 힘이 된다

아, 그것은 빛과 어둠이었다

자연의 미로를 벗어나도록
이끌어준 빛이자
일하는 자들을 무지의 감옥에
다시 가둔 어둠이었다

황금

— 만물의 세계사 5

누구나 탐하지만
범접하기 어려운 귀하신 몸
짝사랑의 참혹한 유혹

때 묻지 않는 순결한 피부와
변하지 않는 올곧은 성격 그리고
눈부시게 빛나는 광채로
모든 이의 마음을 사로잡는
쇠보다 오래된 연인
일찍이 투탕카멘의 얼굴이 되고
왕관이 된 금속

네 눈에 비친 인간은
얼마나 무모하고 저돌적이며
얼마나 비굴하고 교활한 동물인가
그 탐욕과 어리석음의 끝은 미다스의 손이
이미 가리키고 있지 않은가

부질없다 몰라서 빠지는 함정이 아니다
파멸을 내다보면서도 마셔야 하는 독배가 된 지

삼천 년, 얼마나 많은 환상과 허영
얼마나 많은 배신과 불행이 엇갈려갔던가
또 얼마나 많은 사람이 지구 위를 헤맸던가
마르코 폴로의 구라에 속아
엘도라도의 신기루를 좇아

생산이 늘어나고 교환할 것들이 많아질수록
축적해야 할 부(富)가 자꾸 쌓일수록
모두로부터 선망되고
작은 부피로도 높은 몸값을 받을 수 있는
네 쓰임새가 돋보였다

제왕의 권위를 빛내기 위한 장식물에서
스스로 물질세계의 제왕으로 등극한 물질
인간의 마음마저 지배하는 물신(物神)의 오후
모든 상품의 연모를 한 몸에 받는
화폐 자리를 독점하면서
세속적 인기는 치솟았지만
주술적 신비는 사라져갔다

그 옛날 종이 위에 새겨진 숫자로
황금을 만들겠다고 큰소리치던
아라비아 연금술사의 꿈은 어찌 되었나
숫자의 안개 속으로 황금은 사라지고
그 유령만 끝없이 복제되어 돌아다니는
종이 황금의 시대

모든 게 물구나무선 세상이다

술[酒]

— 만물의 세계사 6

복사꽃 향기 날리는 동산엔
명령하는 왕도,
굽실대는 백성도 없었다

꿀벌들이 잉잉대는 그 꽃밭엔
지켜야 할 규범도,
선악의 구분도 없었다

기억 저편 아스라한 그곳엔
무질서가 평화롭게 낮잠 자고 있었다
그 품 안에서 인류는 자유롭게 뛰놀았다

삶이 고단하고 무료해질 때나
문명의 질서가 숨통을 조여 올 때면
그 시절이 그리워진다

포도와 보리가 미쳐서 흘린 눈물을
마시고 덩달아 미치고 싶어진다
이성의 간섭을 밀어내고
감정의 파도에 몸을 맡기고 싶어진다

술은 우리의 지친 영혼을
유년의 섬으로 실어 나르는 나룻배다
현실과 꿈을 넘나드는 샤먼의 주술이다
질서를 무너뜨림으로써
질서를 창조하는 역설의 외줄 타기다

그것은 카오스에의 향수
나른한 도취에서 오는 감성의 희열로
이성의 광기를 잠재우지 않는다면
인류의 삶이 얼마나 삭막해지겠는가?
비틀거리며 무질서를 탐닉하는 영혼들이 있기에
백아(伯牙)의 곡조도 귓가에 울리고,
이태백(李太白)의 詩도 가슴을 두드리는 것이다

발효주에서 증류주로
약한 도취에서 강한 도취로
갈수록 독해지는 너의 발자취

그 앞에 드리워진
숨 막히게 촘촘해진 문명의 그물

신(神)

— 만물의 세계사 7

1

영원한 의문

영원한 가설

알 수 없음의 고백

오로지 믿음으로만 존재하는

믿으면 모든 것이요

믿지 않으면 아무것도 아닌

만물의 창조주 혹은

인간 관념의 피조물

절대에의 희구

영생에의 갈망

죄의 구원

이 모든 염원이 응결된 절대 관념

2

인류의 유년 시절

세계는 미지의 안개에 싸여 있었고

모든 것은 두려움의 대상이었다

어리고 약한 인간은
힘센 동물을 동경하였고
모든 사물에서 정령을 보았다

문명의 아침이 밝아오면서
인간은 신들의 이야기를 만들어냈다
자연의 초월적 힘에 대한 부러움 속에
자신의 바람을 담아 노래했다
대지의 여신에 대해
태양신과 달의 여신에 대해
비바람의 신과 바다의 신에 대해

인간은 신들의 세계를 동경하였지만
자연의 율법에 순종하며 살았다

3
인류의 청년 시절
문명의 도끼질 아래 숲들이 사라져가자

그 많던 신들도 하나둘씩 떠나버렸다

도시는 부자와 가난한 자
주인과 노예로 분열되어 있었고
사람들은 사랑에 굶주리고
죄의 늪에 빠져 있었다

가난하고 억압받는 자는 위안이
죄지은 자는 사(赦)함이
정에 주린 자는 절대적 사랑이
죽음을 앞둔 자는 천국이 필요했다

이때 가나안 땅에 한 사내가 나타나
전지전능한 유일신의 이름으로
사랑과 용서와 부활의 복음을 전하였다

유일신에 의해 천상은 통일되고
인간은 지상의 정복자로서
만물의 신탁통치를 위임받았다
신의 이름으로 선포된 십계명이

자연의 율법을 대신하여 인간을 규율하였다

4
인류의 중년 시절
신조차 이성의 검열대에 서야 했다
이성이 神의 권좌를 찬탈한 것이다

사람들은 이성의 힘으로
자연을 정복할 수 있다고 믿었고
과학기술은 인간의 한계를 넘어
神의 영역에 도전했으며
자본은 대중 속으로 교세를 확장해갔다
더 많은 생산, 더 많은 소비!
이것이 찬양이요, 계율이었다
환경파괴는 아랑곳하지 않고
오로지 이윤만으로 신앙을 간증하였다

5
이 모든 것들이 신의 이름으로 행해져 왔지만
과연 神의 정의였는지 나는 모른다

다행히 인간 밖에 神이 계시어

이 우주를 관리한다면 몰라도

인간의 멈출 줄 모르는 욕망이 감히

신의 뜻으로 포장되어 세계를 지배하려고 든다면

이보다 더 무서운 일이 어디 있겠는가

그림과 조각

— 만물의 세계사 8

시간의 신 크로노스에 대해
모두 불만이었지만 도전하는 자는 없었다
올림포스산의 바위들조차 세월의 비바람 속에
온몸이 깎여나가도 아무 소리 못 하고 있었다
살아있는 생물에게 허용된 유일한 저항 수단은
생식 활동을 통한 자기 복제였다
개체는 사라져도 종은 존속할 수 있었다

모두 이에 순응하며 살았다
아름다운 꽃들도 씨를 뿌리고는
미련 없이 바람에 몸을 던졌고
힘센 짐승들도 새끼를 낳고는
운명이 마련해준 길을 순순히 따라갔다
다만 재주가 많기에 욕심도 많은 인간만이
이에 만족하지 못했다
그는 크로노스를 거스르면서까지
갖고 싶은 것이 너무 많았다

들판에 씩씩거리며 달리는 들소를
내일도 모레도 만나고 싶었다

파라오의 연회에 참석한 아름다운 여인들을
오래도록 기억하고 싶었다.
경외하는 올림포스의 신들을
눈에 보이는 곳에 두고 찬미하고 싶었다.
탱탱한 근육을 가진 청년의 아름다움을
영원히 붙들어 두고 싶었다

사라져 가는 것에 대한 아쉬움
가질 수 없는 것에 대한 열망으로
동굴 벽에 들소를 그리고
피라미드 벽에 여인들을 새기고
대리석을 쪼아 신들의 위대한 자태와
인생의 아름다운 시절을 빚어냈다

시간을 정지시키려는 위험한 도발
순간을 영원으로 간직하려는 불온한 소망
영원을 향한 불사(不死)에의 몸짓이었다

모나리자의 미소를 그린 다 빈치도
다비드상을 조각한 미켈란젤로도

몽유도원도를 그린 안견도
영원을 붙들고 싶었던 것이다
누구도 붙들 수 없는 시간의 옷자락을

이 아름답지만 슬픈 꿈은
오늘도 계속되고 있다

사슬

— 만물의 세계사 9

하나하나는 독립된 개체이지만
다른 하나의 밖에 있으면서
안에 한 발을 들여놓음으로 서로 엮인
너를 바라볼 때마다
운명이란 이런 거구나 느낀다

온전히 하나가 되지도 못한 채
서로를 구속하며 살아가야 하는
사슬의 고리들
우리네 인생이 그러하거늘
이 가혹한 운명에 또 얼마나 많은
문명의 사슬들이 덮어씌워져 있는가

농경이 잉여 식량을 생산할 무렵
수렵의 화살은 인간을 향하고 있었다
이때 어느 한 현자가 외쳤다
저놈들을 죽이지 말고 생포하라!
생명을 존중한 이 거룩한 한마디가
인간과 가축의 경계를 허물고
인간에 의한 인간의 사냥을

당대 최고의 벤처 비즈니스로 만들었다

전쟁터에서 목숨 대신 빼앗은 노동력
소와 말보다 더 귀한 재산을 지키기 위해
칼로 내리쳐도 끊이지 않는 밧줄이 필요했다
두레박줄로 쓰이던 쇠사슬이 차출되었다
억압의 대명사 쇠사슬은 이렇게 탄생하였다

인간사냥의 번창으로 대장장이는 군인보다 바빴고
쇠사슬은 창보다 더 많은 쇠를 먹어 치웠다
그 위에 로마제국의 향락이 춤췄고
그 아래 숱한 피정복민이 신음했다
이집트의 과학과 그리스의 예술과
로마의 기술이 노예들의 쇠사슬로 연결되어
문명의 꽃으로 피어났다

엮여 있기에 함께할 수밖에 없는 운명은
쇠사슬의 반란으로 나타나기도 했다
살아있는 노예들이, 죽어가는 숲들이
반란을 일으켜 제국을 서서히 침몰시켰다

주인과 노예 사이의 보이지 않는 사슬이
주인을 노예의 노예로 만드는 역설을 빚기도 했다

사슬의 형태도 끊임없이 진화하였다
쇠사슬의 자리를 윤리의 사슬이,
그 뒤를 황금 사슬이 이었다
때로는 욕망의 억제를 강제함으로써
때로는 욕망의 팽창을 부추김으로써
날 것의 자유로움을 억압하는
저 거부할 수 없는 운명의 그림자

소금

— 만물의 세계사 10

빛과 소금이라고
함께 불려야 멋있는 이름
햇빛에 견줄만한 지위를 얻은 것이
어찌 우연이랴

고기와 생선의 부패를 막아주고
음식의 맛을 내며
인체의 탈수 현상을 막아주니
필수품이라는 이름이 헛되지 않다

소금 생산이 풍족하지 못한 내륙에선
한때 사막의 백금이라 불리며
물물교환을 주도하기도 했었지
바람의 아들 칭기즈 칸의 병사들은
말린 고기를 말안장 밑에 깔아놓아
달리는 말의 땀에서 염분을 얻기도 했다네

이젠 물질의 희소성보다는
브랜드로 가치를 따지는 세상
너의 가치는 실물보다

개념에서 더 빛을 발한다

황금처럼 귀하지는 않지만
황금보다 빛나는 명예
탐욕과 부패를 부르는 황금에 대해
넌 부패를 방지하는 양심을 상징해왔다

오랜 세월 동안 굳혀진 너의 곧은 이미지
어느 무엇이 대신할 수 있겠는가

빛과 소금이여
오염되지 않는 언어의 순정(純正)함이여

북[鼓]

— 만물의 세계사 11

쿵쿵 쿵 밀려오는
심장의 박동 소리
내 안에서 울리는
하나 됨의 함성

너의 리듬에 맞춰
춤추고 사냥하는 동안은
신나고 행복했다
나른한 포만감이 있었다

사냥은 끝나고
전쟁이 시작되었다
피의 아우성이 들려왔다
잔인한 고통 뒤에는
긴장된 흥분도 있었다

야성의 시절이 지나자
우울한 일상에 갇혀
억압의 리듬이 되었다
노예들의 노 젓기 장단이나

행진하는 병사들의 발걸음이나
맞추면서 지내야 했다

오케스트라단의 일원이 되어
귀족들의 연회에도 초청되어봤다
문명의 얇은 귀가
달콤한 선율을 연모함에 따라
뒷전으로 밀리는 수모도 겪었다

피에 굶주린 전쟁터
두려움을 쫓는 마법의 울림
이것이 숙명이런가, 생각할 제
어느 신들린 춤꾼이 찾아와
그의 연인이 되었다

하늘거리는 몸놀림으로
두드리는 소리의 문
허공을 치는 그 장단에
깨어나는 원혼들

아, 더 이상 무슨 말을 하겠는가
그저 흐드러지게 한 판 놀아나 보세
둥 둥 둥둥

현(絃)

— 만물의 세계사 12

귀 있는 자는 들을 것이니
화살이 떠난 자리
조용히 떨고 있는 나의 울음을
화살과의 이별을 설워하는 게 아니다
날 끌어당긴 저 팔에 안기지 못하고
튕겨 나온 내 자존심이 설운 게다
그 자존심 아름답다 하여
화살은 쏘지 않고
빈 시위만 울리는 이 있으니
그가 인류 최초의 현악기 연주자이다

비록 내 태생은 살상 무기이지만
천성마저 호전적인 것은 아니다
무리 짓는 행동을 불러일으키는
북과 나팔과는 족보가 다르다
난 호모파베르의 악기가 아니라
호모루덴스의 악기다 날 뜯으며
희랍의 시인은 영웅의 죽음을 노래했고
중국의 선비는 초부(樵夫)의 삶을 읊었다

난 자연 미인이 아니다
문명에 의해 기획되었다
아름다움을 유지하기 위해
늘 팽팽한 긴장 속에 살고 있다
나의 소리는 심장을 울리지 않는다
영혼을 스칠 뿐이다
머물지 않기에 더욱 애틋한 떨림
그대는 아는가

숲

— 만물의 세계사 13

검푸르게 타오르는 지평선
달의 신이 다스리는 야생의 땅
짐승들은 나무와 바위랑 평화롭게 살고 있었다
달밤에 늑대 울음 들려도
숲의 사타구니 물어뜯는 놈 하나 없었다

도시의 사냥꾼들이 나타나면서
태고의 적막은 처녀막처럼 찢겨 나갔다
새와 짐승들이 아니라
나무와 바위를 사냥하러 온 자들
높은 성벽과 더 높은 신전을 쌓기 위해
숲의 살과 뼈를 발라갔다
숨어있던 바람만 서럽게 울부짖었다

장기(臟器)를 빼앗긴 아이처럼
숲은 비실비실 쓰러져 갔다
자신의 조용한 죽음을 통해
네메시스의 부메랑을 날리기도 했다
강바닥이 갈라지고 산이 무너져 내렸다
모헨조다로의 폐허는

숲이 던지고 간 경고장이었다

문명의 불빛에 눈이 먼 도시인들은
영문도 모른 채
도끼질을 멈추지 않았다
그래도 밀알 빻는 방아가
바람과 물의 힘으로 돌아가는 한
숲은 도시의 약탈을 품에 안을 수 있었다

근대의 뚜껑을 연 증기가
풍차와 물레방아를 박물관으로 보내버리자
숲에 일찍이 없었던 재앙이 닥쳤다
증기기관의 왕성한 식욕은
살아있는 숲으로 부족하여
죽어있는 숲까지 파헤치게 했다
수만 년 전 땅속에 묻힌 숲마저
부관참시(剖棺斬屍)당하는 시대가 왔다

오늘도 살해된 숲의 원혼들이
도시의 뜨거운 사막 위를 맴돌며

아우성치고 있건만

도시인들의 귀먹은 도끼질은

자기 허리를 찍어대고 있다

거울

— 만물의 세계사 14

숲속의 맑은 연못
타인을 바라보던 시선이 머무는 순간
남들과 다르게 생긴 나의 얼굴이 떴다

나의 얼굴을 알게 되자
나는 우리를 떠나게 되고
너와 비교하게 되었다

예전에 몰랐던 감정들이 생겨났다
우쭐해지기도 하고 주눅이 들기도 했다
마음 호숫가에 수선화가 피어났다
꽃 그림자 어른거려 마음이 어지러웠다

방 안의 구리거울
아름다움에 서열이 생겨나자
짙은 화장에 가려진 가면의 얼굴이 떴다

가장 힘센 남자가 왕이 되듯이
가장 아름다운 여자가 왕비가 되는
동화 세계가 책 밖으로 걸어 나왔다

꾸밀수록 지워지는 얼굴
앙상한 해골 위에 걸린 가면 뒤로
카니발의 밤은 지나가고
이윽고 유리거울의 아침
곳곳이 베르사유 궁전의 거울방이다
허상의 분신술이 난무하는

거울에 비친 그림자들 사이로
자아는 미아가 되어 헤매고
아리아드네의 실타래도 없는 미로에서
벗어나기 위해선
거울을 깨는 수밖에 없다

파경(破鏡)!
흩어진 수선화 꽃잎
그 위를 덮치는 비교의 악령

성(城)

— 만물의 세계사 15

적의 습격을 막기 위해
철갑을 두르듯 세워진 성벽을 보고
울타리 같다며 안타까워하던 이 누구더냐

가축의 도망을 막기 위해
사방으로 둘러쳐진 울타리를 보고
성 같다며 흐뭇해하던 이 또 누구더냐

자유를 갈구하는 시인의 눈에는
안전을 지켜주는 성벽도
인민을 가두고 있는 울타리로 보이고

젖과 고기를 기대하는 목동의 눈에는
가축을 가두고 있는 울타리도
늑대로부터 이들을 지켜주는 성으로 보이는 법

우리는 연못에 돌 던져지듯 태어나
얼마나 많은 동심원 속에서 살아가고 있는가
하나하나의 동심원이 모두 성이요 울타리다

엄마 젖가슴,

학교 종소리,

달력에 적힌 월급날,

여권에 찍힌 스탬프…

우리의 삶을 겹겹이 둘러싸고 있는 동심원의 흔적들

과연 우리가 성을 쌓아 지켜야 할 것은 무엇이며,

울타리를 쳐 가두어야 할 것은 무엇일까

지구별을 바라보는 달의 눈빛이 안쓰럽기만 하다

비단

— 만물의 세계사 16

뽕잎이 누에를 통해
환생한 것일까

견우의 눈빛처럼 빛나고
직녀의 속살같이 부드러운

황금만큼 귀하다 하여
이름도 금(錦)이라 붙여진

동물성도 아니고
식물성도 아닌

지중해의 양모와
인도의 면을 누르고
옷감의 삼국시대를 평정한
옷감 중의 옷감

로마인의 넋을 휘감아버린
유리 옷의 실바람

너를 구하러 서역 상인들은
낙타 등에 보석과 황금의 꿈을 싣고
모래폭풍의 바다를 건넜으며

너를 팔아 한(漢)나라 무제는
한혈마(汗血馬)를 사들여
달리는 만리장성을 쌓기도 했다

네가 지나간 길을 따라
동서 혼혈의 꽃씨가 뿌려지고
장안의 천년 봄이 왔건만
계절은 돌고 도는 법

춥고 헐벗은 서쪽 땅끝마을에
태양의 주권이 넘어간 후
양모와 면의 대중혁명에 밀려나
외롭고 고고하게 노년을 보내는
동양의 망명귀족

낙타

— 만물의 세계사 17

하늘도 눈물을 감춘 버림의 땅
태양과 바람만이 사납게 으르렁거리는
이 원시의 땅에 배 띄우는 사람들

무슨 업(業)이 있어
야윈 곱사등에 인간의 욕망 가득 싣고
지평선 넘나든 것일까

대륙을 가로지르는 밤하늘
은하수 넘실대는 물결에
목마름 달래가며 노 젓기 이천 년

그 뱃길 따라 비단이 오가고
그리움과 기다림의 사연이 오가고
깨달음도 오갔으니
그 고행 헛되진 않았으리

모래처럼 새어버린 시간
문명도 녹아내린 열사(熱沙)의 땅
순례자 눈에 어린 초승달

그 모습 그대로이네

바퀴

— 만물의 세계사 18

언덕 위에서 바윗돌을 굴려본 자는 안다
둥근 돌이 더 빨리 굴러간다는 사실을
아름드리나무를 옮겨본 자 또한 안다
둥근 통나무를 굴려서 가는 게 덜 힘들다는 것을
그래서 그들은 통나무 바퀴를 만들어냈다

통나무 바퀴는 짐수레를 낳고
바큇살 바퀴는 전차를 낳았다
흙먼지 일으키며 전차가 달리는 곳마다
정복의 나팔 소리 울리고
공물 실은 짐수레의 행렬이 뒤따랐다
바퀴는 잘 닦인 도로를 낳고
거미집 같은 도로망은 제국의 상징이 되었다

넓어지는 인간의 활동무대
빠른 공간이동의 필요성
이것이 바퀴의 변신을 재촉하였다
마침내 마차 바퀴 폭을 따라 철도가 놓이고
철도 위를 달리는 기차 바퀴
공간을 평준화함으로써

시간의 규율자가 되기까지
고된 세월을 굴러왔다

20세기 포디즘은 두 바퀴의 전성시대
톱니바퀴는 컨베이어 시스템을 만들어 내고
타이어 바퀴는 아스팔트 도로와 자동차 시대를 열었다
한 편에선 쇼 윈도에 대량 생산된 물건들이 즐비하고
다른 한 편에선 재고정리와 쓰레기처리에 골머리 썩는
풍요와 낭비의 두 얼굴이 겹치는 세상이 되었다
'소비는 미덕'이라는 플래카드 아래
다달이 돌아오는 카드빚을 걱정해야 하는…

돌고 도는 바퀴의 경로 의존성을 따라
문명의 수레바퀴는 또 어디로 굴러갈까

시계
— 만물의 세계사 19

피고 지는 꽃 이름으로
해와 달의 위치나 모양으로
시간을 표현하던 시절이 있었다
시간은 잘게 쪼개지지 않고
큼직한 덩어리로만 존재했다
그 안에 느림과 한가로움이 살고 있었다
앞서가는 것, 부지런한 것이 미덕이 아니었다
일과 삶이 구분되지도 않았다
맘을 급히 먹고 서둔다고
곡식이 빨리 익는 것도 아니요
아이가 빨리 크는 것도 아님을 알기에
자연의 속도에 발맞춰 살아야 했던 시절이 있었다

광장에 높다란 시계탑이 세워지고
교회당의 종소리가 숫자로 쪼개진 시간을 알리면서부터
톱니바퀴 시계의 질서가 등극하였다
세상은 기계의 속도만큼이나 빠르고 바쁘게 돌아가고
사람들은 앞서가기 위해 부지런을 떨었다
일과 삶이 구분되고, 이윽고
일이 삶을 집어삼키기에 이르렀다

같은 시간 안에 많은 일을 할수록
더 많은 돈을 벌 수 있기에
시간은 돈이라는 의식이 성장하면서
사람들은 속도 바이러스에 감염되어갔다
더 빨리! 더 많이!
라는 주술은 마침내 속성재배의 시대를 열었다
자연의 시간을 인공적으로 압축해 당겨쓰는

그 옛날
매화꽃 필 무렵 보름달 아래서
만나자고 약속하던 시절
사람들은 시계는 없었지만 시간은 많았다
시간을 쪼개 분, 초를 다투는 요즈음
속도 바이러스의 창궐기
누구나 시계를 갖고 있지만 시간이 없다
시계가 시간을 먹어 치운 것이다

배[船]

— 만물의 세계사 20

시냇물 따라 나뭇잎 하나
나뭇잎 위에 풀무치 한 쌍
떠내려가고 있었다
계곡 지나 저 강물로

빙하가 지나간 어느 봄날
이를 유심히 눈여겨본 이가 있으니
그가 최초로 나무토막을 이용하여
강을 건넌 자가 되었는지도 모른다

대지는 강과 바다로 찢겨 있었다
물 위에 뜨는 나무를 이용하면
사람도 물 위를 걸을 수 있다는 걸
알게 된 이들이 조각난 땅들을 이어갔다

통나무배에서 통나무를 엮어 만든 뗏목으로
갈대 배에서 목재를 짜 맞춘 갤리선으로
배의 진화가 이루어짐에 따라
사람들의 오고 감을 가로막고 있던 강과 바다가
오히려 서로를 이어주는 길로 바뀌어갔다

넘실대는 파도와 사나운 폭풍을 뚫고
배는 멀리멀리 헤쳐 나갔다
때로는 평화적 교역의 선물을 싣고
때로는 약탈을 일삼는 무리를 싣고
나일강에서 지중해로
황하에서 서해로

황금을 찾아 나선 바이킹의 후예들이
대서양 건너 태양의 대륙으로
검은 대지를 돌아 신드바드의 바다로
진출하면서 세계는 불타오르기 시작했다

성을 부수기 위해 발명된 대포를 몸에 두른
해적선들이 나타나 세계의 질서를 다시 짰다
애꾸눈 잭 선장의 친구들은
그 옛날 칭기즈 칸이 말을 달려 세운 제국보다
더 넓고 강력한 제국을 세웠다
배는 새로운 제국의 말(馬)이었다
말이 자동차와 탱크로 진화하듯이

배는 잠수함과 항공모함으로 진화하여
제국의 첨병이 되었다

배의 혼은 뜨는 힘이다
물에서뿐만 아니라 땅에서도, 대기권 밖에서도
달나라 우주선은 배가 품은 야심의 일부일 뿐
배는 은하수를 꿈꾸고 있다

양(羊)

— 만물의 세계사 21

파란 하늘에 흰 구름 떼
푸른 초원 위에 하얀 양 떼
이 평화스러운 목가적 풍경 뒤에
무슨 일이 일어나고 있는가

하늘이 흐려지면
흰 구름 떼는 순식간 먹구름으로 변해
천둥과 번개를 토해낸다
초원에 바람이 불어오면
순한 양들이 갑자기 굶주린 늑대들로 변해
으르렁거리며 살의를 번득인다.

간밤에 꾼 꿈이 아니다
양치기 문명이 그러했다
들에 뛰어노는 짐승을 잡아다
거세하여 부려 먹듯이
신나게 달리는 흑인을 잡아다
쇠사슬 채워 부려 먹는 꼴이
딱 그와 같았다

모피와 담요를 교환하면서
덤으로 천연두 균까지 보태주어
수우족의 전사를 천국으로 인도하고
'백인의 사명'을 운운하는 꼴이
딱 그와 같았다

손재주 좋은 중국과 교역하면서
잃어버린 은을 되찾기 위해
아편을 팔아먹다 덜미 잡히니
신사답게 대포로 밀어붙이는 꼴이
딱 그와 같았다

양의 가죽을 쓴 늑대의 문명
세계사는 도처에 이 얘기뿐이다

그대는 아는가
순한 양들의 식탐이 풀뿌리마저 먹어 치움으로써
초원의 사막화를 가져오고 있다는 걸
양치기 문명의 식탐이 어디까지 갈 건지
지금 지구는 떨고 있다

후추
— 만물의 세계사 22

높은 곳에 성을 짓고 살아도
매끄러운 비단옷에 자줏빛 망토를 걸쳐보아도
매끼 먹는 것이 같다면
내 어찌 저들과 다르다고 할 수 있겠는가

힘 있는 자들의 차별 의식이
배부르게 먹는 단계를 지나
맛있게 먹는 법을 찾아 헤맬 때
파라다이스의 향기와 매콤한 맛으로
지중해 저편 귀족들의 식탁을 점령한
동방에서 온 요리사

널 값싸게 초빙하기 위해
수많은 모험가들은 거친 바닷길을 찾아 나섰고
콜럼버스라는 엉터리 항해사의 시행착오로
조용히 잠자는 대륙은 피에 물들기도 했다
평화로운 바다는 해적선과 노예무역선으로 들끓고
물건과 사람과 동식물의 교류가 이루어졌나니
세계지도는 이렇게 완성되어갔다

지금은 여느 식탁 한 모퉁이에

경비병처럼 서 있는 후추 병

한때 유럽의 식욕을 자극하여 세계를 누비게 한

팜므파탈의 짙은 화장 냄새가 난다

설탕

— 만물의 세계사 23

인도 태생인 내가 아랍인의 손을 빌려 세상에 나왔을 때
단맛을 처음 보는 자들의 환호가 어찌나 뜨거웠던지
난 단박에 '하얀 황금'이라 불리며 몸값이 치솟았지
높은 이윤이 있는 곳에 자본과 토지와 노동이 몰리는 법
유럽의 상인자본과 서인도제도의 열대성 기후 토지와
아프리카에서 잡혀 온 흑인 노예의 노동이 한 데 묶여
내 몸의 대량생산과 대량 공급이 이루어졌지
내 몸의 하얀 빛에는 검은 노동의 핏빛이 스며 있고
내 몸의 단맛에는 그들이 흘린 눈물의 짠맛이 배어 있어
이리하여 내 몸값은 떨어져 누구나 쉽게 맛볼 수 있게 되었지
내 파트너 커피는 정신을 맑게 깨워준다 하여
부르주아지의 귀염둥이가 되었지만
난 없어 못 먹는 자의 칼로리 부족을 메워준다 하여
프롤레타리아트의 친구가 되었다네
그러나 그것도 한때의 이야기
이젠 건강의 적으로 찍혀 외면받기가 일쑤
하지만 나의 대중적 인기를 따를 자는 없을 거야
난 이미 맛의 기득권 세력이거든

전염병

— 만물의 세계사 24

보이지 않는 적이었다
전쟁터에는 늘 그림자처럼 따라다녔다
창과 화살에 맞아 죽는 자들보다
이들의 입맞춤에 쓰러진 자들이 더 많았다
이들 앞에선 모두가 패자였다
승전고를 울리며 개선하는 군대 뒤에는
찢긴 깃발처럼 검은 연기만 펄럭였다

이유 있는 공격이었다
자연의 명령을 수행할 뿐이었다
언제부턴가 털 없는 원숭이 떼들이 나타나
여기저기 식물을 옮겨 심고
짐승을 잡아다 새끼를 치는 등
생태학적 쿠데타를 일으켰다
그대로 내버려 두면 반란의 불길을 잡을 수 없었다
그것이 이유였다 숙주를 옮겨 타게 된

자연이 보낸 자객이었다
누구에게나 다 비정했던 건 아니다
낯선 자에겐 치명적이었지만

오래된 자와는 더불어 살았다
이들의 편애가
아벨과 카인의 싸움에서
아벨의 손을 들어주었다

바로 그 이유만으로
칭기즈칸의 군대는 천하무적이 되었고
백인들은 신대륙을 거저먹을 수 있었다

메두사의 눈동자가 투명망토를 벗겨내면서
이들의 전성기도 뒷모습을 보이기 시작했다
푸른곰팡이 폭탄이 투하되었다
퇴각하는 가운데 진화하는 게릴라식 저항
비대칭전쟁은 아직 끝나지 않았다

감자

— 만물의 세계사 25

어두운 흙 속에서도
안데스의 푸른 하늘을 잊은 적은 없었다
눈 부신 햇살과 싱그러운 바람
자연의 품 안에서 분수를 지키며 살아가는 사람들
내 몸의 살점으로 그들의 배를 채워줄 수 있어
행복했다 우린 한 어머니의 자식들이었다

어느 날 마른하늘에 천둥 번개가 내리치고
생전 처음 들어보는 말 울음소리와 함께
형제들의 뜨거운 피가 대지를 적셨다
이윽고 황금을 찾기 위해 땅은 파헤쳐지고
낯선 세균의 공격을 받아 형제들의 죽음이 잇따랐다

정복자들은 나를 두들겨 깨워 노예선에 실었다
약탈한 금은보화 옆자리에 실려 대서양을 건너갔다
그곳은 살육의 기술만 발달한 문명의 땅,
일하는 사람들은 굶주리고 있었다
난 놀라운 번식력으로 그들의 배고픔을 해결해주었다

그리곤 정복자를 따라 세계 곳곳을 돌아다녔다

그들의 손은 항상 피에 젖어 있었고
십자가를 앞세운 탐욕은 그칠 줄 몰랐다
난 약탈당한 자들의 주린 배를 채워주었다
가난한 사람들의 벗이 되어
그들의 해방을 위한 투쟁을 후원했다

언제부터인가 세상은 변하여
비만을 걱정하는 시대가 되었다
난 빈센트 반 고흐의 그림에서나 찾아볼 수 있는
배고픈 시절의 낭만적 전설로 남게 되었다
넘쳐 남아도는 풍요를 볼 때마다
내 고향 안데스의 형제들이 생각난다
필요 이상의 것을 취하면 죄악이라고 믿었던
그들이 그립다

광장

— 만물의 세계사 26

빗장을 풀고 나와 길을 걷다 보면
길들이 만났다 흩어지는 곳이 있다
아크로폴리스 저 아래 낮은 공터
창녀와 장사치들이 욕망을 흥정하고
소피스트들이 철학을 팔아먹던 곳
백수들이 모여 깨진 도자기에 이름을 적어
미운 놈을 추방하고 일할 놈을 뽑던 그곳을
교과서는 데모크라시의 산실이라고 떠들고 있지만
실제로 광장을 지배한 자는 데마고그였다

일곱 개의 언덕 위에 세워진 도시에서도
한때 개털들이 모여 호민관을 뽑던 곳이 있었다
도시의 정복사업이 성공을 거듭하자
개선장군을 환호하는 군중들이 모여들어
광장은 빵과 서커스의 축제 마당이 되어버렸다

중세의 석양이 교회 그림자를 길게 늘어뜨릴 제
마녀사냥의 검붉은 연기가 피어오를 때마다
광장은 면죄부를 사기 위한 사람들로 붐볐다

근대의 새벽이 밝아오자
바스티유 감옥을 함락시킨
고삐 풀린 분노가 쏟아져 나와
광장에 단두대를 설치하고
루이 16세와 로베스피에르의 목을
사이좋게 싹둑 잘라버렸다

도심 한가운데서
역사의 눈이 되어온 광장
시민들의 토론보다는
우상의 선동이 행해지던 곳

철도와 신문이 등장하자 광장은
철도역에 그 자리를 물려주고
종이 위로 옮겨 앉았다
군중의 귀에 울리던 웅변은
칼럼니스트의 펜으로,
분노의 돌팔매질은
정기적인 투표로 대체되었다

지금은 비둘기에 의해 점령된

도시의 빈 중심

하수도

— 만물의 세계사 27

들어가는 곳이 있으면
나오는 곳도 있기 마련
이 단순한 사실에
생명의 꽃은 피고 진다

하수도가 막히지 않는 곳에
도시의 건강이 깃들건만
어느 권력자도
개선문과 궁전 짓기에 바쁠 뿐
하수도 공사엔 관심이 없었다

항문 없는 도시의 팽창
베르사유의 장미는 똥 더미 위에서 피고
향수는 불티나게 팔렸다
전염병이 졸음처럼 번지자
비로소 변비 치료에 나선 도시들
묻혔던 로마의 하수도가 되살아났다

오늘도 도시의 숙변을 씻어내며
하수도는 유유히 흐르고 있다

비행기
— 만물의 세계사 28

그리움이 낳은 소망이 있었다
푸른 하늘의 새들처럼 날 수만 있다면
높은 산 깊은 강 메마른 황무지 정도는
가벼이 넘나들 수 있을 텐데

믿음이 낳은 스토리텔링의 세계도 있었다
푸른 하늘 흰 구름 너머에는 천국이 있어
날개 달린 천사들과 착한 영혼들이
영생을 누리며 살고 있을 것이라는

순진한 상상력이 낳은 모험적 시도가 있었다
사람도 새처럼 날개를 만들어 달면 날 수 있다는
이카로스 후예들의 도전이 잇따랐다
커다란 연(鳶)과 열기구에 몸을 실어보기도 했다

과학적 발견이 가져다준 깨달음이 있었다
물체가 허공에 뜨지 않는 것은 중력 때문이라는 걸
빠른 속도의 추진력과 압력 차이가 양력을 만들어낸다는 걸
이를 이용해 인간은 새보다 더 빠른 새가 되었다

새가 되어 푸른 하늘 흰 구름 너머 천국을 찾아보니
날개 달린 천사들은 간데없고
토마호크 미사일을 장착한 팬텀기만 수백 대
여차하면 지상을 불지옥으로 만들겠다는 듯이
노려보고 있었다

국가

— 만물의 세계사 29

먹고 남는 것을 비축할 여력이 생기면서부터
그러니까 도둑맞을 것, 지켜야 할 것이 생기면서부터
사람들은 울타리를 치고 성벽을 쌓기 시작했다
도둑 잡는 포졸과 외적에 맞서는 병사들이 나타났다
이들 무장 집단을 유지하기 위해
웅장한 신전과 화려한 궁전을 짓기 위해
그곳에 사는 놀고먹는 인간들을 먹이기 위해
세금을 거두고 장정을 징발하였다
이 일을 담당할 관료기구가 만들어지면서
국가의 팔다리와 심장이 생겨났다
인민의 자발적 충성은 국가의 혼
그 혼을 불어넣기 위해 종교가 동원되었다
신의 대리인이 신의 뜻에 따라 다스린다는 거짓말에
토를 다는 자는 없었다
간혹 인민의 불만을 선동하여 지배자를 내쫓더라도
또 다른 지배자가 나타났을 뿐이다
정복자의 말발굽 아래 숱한 국가들이 명멸해갔지만
그 자리에 들어선 것은 얼굴만 바뀐 또 다른 국가였다
보호자의 가면을 쓴 약탈자!
라는 태생에는 변함이 없었다

세월이 흐르고 흘러
바야흐로 산업화와 민주화의 시대
교회가 하던 역할을 학교가 대신하고
구별 짓기가 폐지되고 하나의 국민으로 거듭날 제
산업의 경쟁력 강화가 국부의 원천이 되고
국민의 평등주의가 복지국가를 외침에 따라
요람에서 무덤까지 국가가 간섭하는 세상이 되었다
늘어나는 돈 씀씀이는 세금을 거둬 조달할 수준을 넘어
종이돈을 마구 찍어내 충당해야 할 정도
선거철마다 주기적으로 범람하는 선심성 공약들은
"당신의 주머니를 털어 내가 공금 좀 쓰겠다"는 뜻
공정한 질서유지자의 가면을 쓴, 세금 먹는 하마
라는 성격에는 변함이 없다

전기

— 만물의 세계사 30

보이지도 않고, 만질 수도 없는
연금술사의 마술처럼 피어난 불꽃

세상의 어둠을 밝혀주기도 하고
삼손과 같은 힘으로 기계를 돌리기도 하는
문명의 피
만들어진 자연의 극치

너를 얻기 위해
사람들은 땅을 파헤치고
죽은 숲의 시신을 끄집어내 화장하기도 하고
물길을 막아보기도 하고
바람개비를 돌려보기도 하고
원자를 쪼개보기도 하고
햇볕을 모아 담아보기도 했다

실핏줄처럼 깔린 전선 망을 통해
쉼 없이 공급되는 너의 수혈이
어느 날 갑자기 끊긴다면
도시는 암흑과 전신마비에 갇히고

사람들은 서툰 원시인으로 돌아갈 것이다

하나로의 집중
하나에의 의존
보이지 않는 사슬로의 전환

참 씁쓸한 문명의 역설이다

북소리 1

— 여는 시

다른 새들은
곱게 긁어줘야 우는데
넌 유독 때려야 울었다

다른 꽃들은
가벼운 떨림으로 피어날 때
넌 묵직한 울림으로 영글었다

무슨 사연인지
네게는 짙은 피 내음이 난다
아련한 울림 속에
역사의 아우성이 들려온다

북소리 2

— 반도(叛徒)의 노래

멀리서 들려오는
풀잎들의 아우성

눈물로 얼룩진 세월
피로 씻으리라는
노여움의 고동 소리

바람에 지는 꽃잎처럼
이 한목숨 휘날려도

내 죽창으로 사슬 끊어
새 하늘 열린다면
무얼 망설이랴

목숨도, 분노도
모두 비우고
허공으로 사라져가는

그날의 피 묻은 함성

북소리 3

— 늙은 할멈의 노래

동구 밖 멀리서 다가오는
말발굽 소리

혹시 아비가 아닐까
가슴 조이며 내다보니

기다리는 아비 돌아오지 않고
웬쑤들의 깃발만 휘날리네

서산 너머 날아가는
한 무리 백학들
아비 넋도 저기 있으려나

무너지는 가슴에 안긴
어린 손자 녀석 배고프다 울고 있네

무심타 하늘이여
모진 세월 이겨내고
이 아이 커 다시 죽창 잡으리

북소리 4
— 임 그리는 아낙네의 노래

골짜기 얼음 풀리니
소쩍새 돌아오고
간밤에 소쩍새 우니
진달래 꽃피었네

새와 꽃은 계절 따라
어김없이 돌아오건만
떠난 임 세월 흘러
생사조차 알 수 없네

살았으면 말 타고
만주 벌판 휘달리고
죽었으면 귀신 되어
조선 하늘 떠돌 텐데

님의 높은 뜻 사무치는 한
아낙네인들 어찌 모르겠는가
손잡고 함께 압록강 못 건넌 게
천추의 한 될 줄이야

북소리 5

— 어느 병사의 노래

영문도 모른 채
내 몸은 징발당했네
돈 벌러 서울 왔다가
인민군 그물에 걸려
의용군으로 끌려갔다네

내 고향은 남도의 바닷가 한적한 마을
온종일 물새 울음과 파도 소리만 들리는 곳
거센 파도와의 싸움밖에 모르던 내가
왜 이곳에 와있는 걸까

영문도 모른 채
난 방아쇠를 당겨야 했네
혹시 저편에 있을 고향 친구가
맞을까 봐 가슴 조이며

지금 우린 뭘 하고 있는 걸까
누굴 위해, 무얼 위해
서로를 죽이고 죽어야 하는가
명령하는 자 따로 있고

복종하는 자 따로 있는데
그 무슨 평등이요 자유란 말인가

나 이제 속 편하게 먼저 간다네
바다에서 그물질해봤기에 내 잘 알지
그물에 걸린 고기는 살아 빠져나갈 수 없다는 걸
재수 없게 그물에 걸린 내 팔자가 야속할 뿐
살겠다는 허튼 미련 때문에 남을 해쳐서야…

북소리 6

— 흑인 혼혈아의 노래

우릴 그런 눈으로 보지 말아요
사팔뜨기 눈으로 세상을 바라보는 당신들도 보기 흉해요

당신들 눈에는 우리가 다 창녀의 자식들로 보이나요?
창녀가 애 낳는 것 봤어요?
개인마다 사연은 다 다르지만
우리도 이 땅의 자식들이고
이 땅의 역사가 남기고 간 아픈 상처들이에요

부끄럽지 않나요?
이 나라 저 나라 병사들에게 아녀자들을 내어준 일이
그래서 숨기고 싶은 거죠?
기억하고 싶지 않은 역사를 떠오르게 하는 우리가
얼마나 불편했겠어요

거울에 비친 자신들의 모습을 한번 보세요
힘센 자 앞에서는 한없이 굽신대고
약한 자 앞에서는 한없이 건방 떠는
그 모습이 너무 웃겨요

큰 나라에 당한 설움
작은 나라에 가 화풀이하는 모습이
엉덩이에 뿔 난 원숭이 같아요

왜 그렇게 살아야죠?
힘센 자에겐 당당하고
약한 자에겐 따뜻해질 수 없나요?
자기가 당한 설움
되풀이되지 않게 할 수는 없나요?

북소리 7

— 독재자의 노래

배고픈 배에서
배고픈 아이로 태어나
배고픔의 추방을
일생일대의 과업으로 삼았다오

날 일제의 앞잡이
남로당 빨갱이 기회주의자
동지와 조직을 팔아넘긴 배신자
민주주의를 짓밟은 군부 독재자
그 어떻게 불러도 좋소
모두 다 내 얼굴의 한 단면일 뿐
그 정도의 비난으로
조국 근대화의 아버지라는 내 명성에 금이나 갈까?
민주화 운동 탄압으로 고통받은 자는 소수요
경제성장으로 혜택을 본 자는 다수라는
숫자놀음에서 내가 이겼음을 인정해야 할 것이오
신화는 허상일지라도
한 번 만들어지면 계속 재생산되는 법

난 나의 죽음을 원통해 하진 않소

어차피 권력에 굶주린 이리떼들 속에서 살아가기 위해선
배신의 칼날을 두려워해선 안 된다는 걸
나도 배신의 칼질을 통해 이 자리에 올랐다는 걸
익히 알고 있기에

다만 내가 후회하는 것은,
딸 가진 아비의 심정으로 고백건대,
딸 교육을 잘못시켰다는 것이오
그릇이 안 됨에도 나의 후광을 엎고
헛된 여왕의 꿈을 품도록 만들었으니…
그 아이가 요즘 겪는 불행이 다 내 주의 부족 탓이니
내 가슴이 에는 듯하다오
내가 휘두른 칼날에 상처 입은 이들에게
죽어서나마 사죄하며
칼자루를 쥔 자들에게 충고하거늘
쥐고 있는 칼자루가 칼날로 바뀌는 것은 순간이란 걸
잊지 말라는 거요

북소리 8
— 어느 사형수의 노래

탕, 탕, 탕
한밤의 어둠을 가르는 총소리
생명의 붉은 깃발 찢기는 소리
돌아오지 못할 곳으로 떠나는
운명의 뱃고동 소리

왜 하필이면
그때 그 자리에 있었던가
배운 것이라곤 상명하복의 규율뿐
그것이 애국의 길임을 믿어 의심치 않았다
내게 죄가 있다면 그것뿐
까라면 깐다는 복종의 문화에 길들어 있었다는 것
내가 당긴 방아쇠에 의해
어느 누구의 인생이 파괴된다는 걸 생각할 겨를이 없었다는 것

내 지은 죗값은 달게 받겠다
하지만 내게 내란음모죄의 올가미는 가당치 않다
어찌 보면 의미도 모르고 행동한 것이 부끄럽기도 하다
그렇지만 뒤늦게 의미를 갖다 붙이는 짓은 하고 싶지 않다
장기판의 버린 말 취급당한 내 팔자가 야속할 뿐

탕, 탕, 탕

쿠데타의 실패를 알리는 사형장의 총소리

또 다른 쿠데타의 잉태를 알리는 경고음 소리

'이성의 간계'에 걸린 자들의

최후의 합창 소리

북소리 9
— 그 시절의 청춘

그해 봄 진달래는 유난히 붉었다
오월의 맑은 하늘에 마른번개가 치자
서울역 광장의 시민들은 뿔뿔이 흩어지고
금남로에 붉은 꽃비가 내렸다는 소문만
입에서 입으로 전해졌다

검은 군홧발에 짓밟힌 캠퍼스엔
살아남은 자의 우수만 낙엽처럼 쌓였다
신문지에 둘둘 말린 워키토키의 잡음
고문실의 신음 마냥 떠돌고
곳곳에 번득이는 눈초리
우린 낮은 목소리로 헤엄쳐 다녔다
아무도 미워하지 않는 자의 죽음을 슬퍼하고
무엇을 할 것인가에 대해 토론했다
황홀했던 첫사랑의 낭만은 사치로 여겨져
피어나지도 못한 채 병든 장미처럼 버려졌다
우리들의 청춘은 한겨울 연탄불 꺼진 자취방에서 싹터
화염병의 검은 연기와 함께 날아가 버렸다

멀리서 북소리가 울려왔다

죽은 영혼들이 새 떼처럼 날아올랐다
모두들 거리로 뛰쳐나가 신명 나게 외쳤다
화들짝 놀란 군홧발이 퇴각 나팔을 불었다
하얀 테이블 밑으로 누런 봉투가 오가고
죽은 자의 몫은 산 자가 챙겨갔다

귓전을 울리던 북소리가 점점 멀어져갔다
외신은 우상의 붕괴를 타전하였고
우린 축하케이크를 엎질러버린 아이처럼
어찌할 바를 몰랐다
이렇게 우리들의 휴거는 지나갔다

신념이 남긴 상처 위로 세월이 흘러갔다
상갓집 술상에 돌아다니는 얘기 속에서나
다시 만나는 그 시절의 친구들
누구는 사업한답시고 돈 떼어먹고 사라지고
누구는 암으로 저세상 사람이 되고
누구는 이번 선거에 어디서 공천을 받고…
소시민적 일상에 억척스럽게 뿌리내린
한 시대의 느낌표들!

북소리 10
— 닫는 시

먼 하늘로부터
새가 날아든다

한 마리
한 마리
저마다의 사연을 안고
빛을 물어 나른다

골짜기에
어둠이 걷힌다

한 송이
한 송이
저마다의 정성으로
꽃들이 피어난다

꽃잎 끝에 맺힌 이슬
누구의 눈물이기에
이토록 영롱한가

새들이 떠난 자리에

하늘이 푸르다

물의 노래 1

— 사랑법

나의 사랑은
불꽃처럼 찬란하지도
뜨겁지도 않습니다

하지만
마른 장작을 태우듯
서로를 소모하지도 않고
재만 남기고 사라지듯
허무하지도 않습니다

나의 사랑은 기다림입니다
마른 나뭇가지 적시는 봄비처럼
아낌없이 나눠주고
꽃망울 터질 때까지
기다릴 줄 안답니다

나눠주고 물러서기에
꽃향기로 남을 수 있고
기다릴 줄 알기에 오래 간답니다

나의 사랑은 앞서가지 않습니다
당신이 자리를 잡은 다음
난 거기에 맞출 뿐입니다

당신이 큰 그릇이면
나도 크게 담길 것이고
당신이 작은 그릇이면
나도 작게 담길 것입니다

앞서가지 않기에
다툴 일도 없고
낮은 곳에 임하기에
미움받을 일도 없답니다

사람들은
불꽃 같은 사랑에
데어본 연후에야
나의 사랑법을 알게 되겠죠

이 늙은이의 사랑법을

물의 노래 2

— 유약승강(柔弱勝强)

칼아, 날카로움을 자랑 마라

네 아무리 날을 세워도

내 몸 하나 가르지 못하지 않느냐

바위야, 굳셈을 뽐내지 마라

네 아무리 앞길을 가로막아도

굽어 돌아가는 나를 막을 수는 없지 않느냐

칼아, 바위야, 너희는

오로지 단단함만으로 승부를 보려 하지만

단단한 것은

더 단단한 것과 맞부딪히면 깨지고

부드러운 것 앞에서는 힘을 쓰지 못한단다

난 단단하지 않기에

모두에게 스며들 수 있고

모두를 받아들일 수 있단다

내가 흩어지면 무수한 물방울이 되고

뭉치면 큰 물줄기가 될 수 있는 것도

나를 고집하지 않기 때문이다

굳센 것들은 홀로 가지만
부드러운 것들은 더불어 간다
더불어 가기에 오래 갈 수 있다

물의 노래 3

— 구름의 사연

하늘을 연모하여

치솟은 봉우리들아

너희는 아느냐

아래로만 흐르던 내가

너희들 머리 위를 떠도는

구름이 된 사연을

너희는 잘난 척하기 위해

더 높이 솟으려고 다투지만

난 만물에 고루 다가가려고

이 높은 곳에 잠시 머무는 거란다

너희는 높이 솟을수록

만물로부터 멀어지지만

난 높이 오를수록 멀리 갈 수 있어

만물에 더 가까워진단다

가문 날의 단비 되어 세상에 내려가면

모두가 기다렸다는 듯 날 반겨준단다

위만 보며 다투는 봉우리들아
발아래 흐르는 계곡의 물도 생각해보렴

봄이 오면
계곡 따라 산천을 주유하며
온갖 꽃들 두드려 깨우고

여름 오면
하늘로 올라 구름으로 떠돌다
메마른 땅 적셔주는 소낙비로 내리고

가을 오면
들판 가로지르는 강물 되어
오곡을 무르익게 해주고

겨울 오면
흰 눈 되어 세상을 하얗게 뒤덮고
바위 밑 얼음으로 숨어버리는

변전(變轉)하는 삶이 부럽지 않은가

물의 노래 4

— 상생(相生)

흔히들 물과 불은
상극(相剋)이라고 하지요

하지만 우리 사이에
나무가 끼면
얘기는 달라집니다

물은 나무를 살려주고
나무는 불을 살려주니
이를 어찌 상극이라 할 수 있겠습니까

사랑과 미움
자유와 억압 사이에
또 무엇이 끼어야
이들도 우리처럼
상극에서 벗어날 수 있을까요?

겨울과 여름 사이에 봄이 있다는 것이
새삼 오묘하게
느껴지는 아침입니다.

물의 노래 5

— 파도의 悲歌

아서라, 파도야
네 그리 슬피 울며 두드린다고
닫힌 님의 마음이 열리겠느냐

온몸이 멍들도록 두드려 보았지만
뭍이 꿈적이라도 하더냐
지성이면 감천이라 사람들은 말하지만
천지는 그저 무심할 따름이다

에그, 미련한 것아
말린다고 홀린 네 마음이 돌아서겠냐마는
너는 뭍을 품에 안을 수 없다는 걸
알고나 파도치거라

슬퍼 마라, 파도야
이루어질 수 없는 사랑에 멍든 가슴이
하늘 아래 어디 너뿐이겠느냐

격정도, 회한도 모두 삼킨 채
잔잔히 출렁이며 달빛과 노니는

네 모습이 아름답구나

물의 노래 6

— 연무(煙霧)

잡힐 듯 잡히지 않고
보일 듯 보이지 않는

비처럼 젖어 들지 않고
공기처럼 메마르지 않은

온몸을 휘감아오는
이 은밀하고 농염한 유혹

사람을 사로잡으려면
이렇게 하라고

속삭이며, 새벽안개
내 목에 감기네

물의 노래 7
— 명경지수(明鏡止水)

깊은 산 작은 연못
흐르는 구름도 둘
나는 새도 둘
서로 짝을 이루는 까닭은
물이 맑아서만이 아니다

고요한 물은 무심하고
무심한 물은
오고 감을 가리지 않기 때문이다

깊은 산 작은 연못
봄이 오면 꽃 그림자
가을 오면 단풍 그림자
계절 따라 그림 바뀌는 까닭은
꽃과 단풍이 아름다워서만이 아니다

무심한 물은 자기를 잊고
자기를 잊은 물은
텅 빈 거울과 같기 때문이다

물의 노래 8

— 바람과 그물

바람이 그물에 걸리지 않는 까닭은
머물지 않고
비어 있기 때문이다

꽃향기에 취해
나뭇가지에 머무는 순간
바람은 더 이상 바람이 아니다

새소리에 반해
그리움을 가슴에 담는 순간
바람은 더 이상 바람이 아니다

머물고 싶어도 머물 수 없고
담고 싶어도 담을 수 없는 것이
바람이거늘

그물에 걸리지 않는 바람처럼
산다는 것도
그리 부러워할 일은 아니다

물의 노래 9

— 투망(投罔)

어부는 고기를 낚기 위해
그물 치고
배 주인은 어부를 부리기 위해
그물 친다

배 주인은 세리(稅吏)가 쳐놓은
그물에 걸리고
세리는 또 누가 쳐놓은
그물에 걸릴까

작은 그물 위로
큰 그물이 쳐지고
큰 그물 위로
더 큰 그물이 쳐진다

오늘도 우린 그물을 던진다

물의 노래 10

— 결의 찬미

물에는 물의 결이 있고
바람에는 바람의 결이 있다

나무에는 나무의 결이 있고
종이에는 종이의 결이 있다

젊었을 땐
물살을 거슬러 올라가는
연어의 꿈이 아름다웠다

이젠 물결 따라 흘러가는
단풍잎이 보기 좋다

세월 갈수록
마음 붉어지지만
마음의 결이
세월의 결을 따르니
이 얼마나 한가로운가

물의 노래 11

— 적설(積雪)의 비밀

눈이 내린다
하늘의 배꽃 지듯
가볍게 날린다

제 무게를 주체하지 못해
떨어지건만
어쩜 저리 부드럽게
내려앉을 수 있을까

눈은 내려앉는 순간
녹아버린다
불꽃처럼 사라진다

존재의 덧없음을
안고 태어났건만
어쩜 저리 장엄하게
세상을 뒤덮을 수 있을까

눈이 어둠 속에서도
하얀빛으로 쌓일 수 있는 것은

죽음을 죽음으로

쉬지 않고 뒤덮기 때문이다

물의 노래 12
— 고산유수(高山流水)

산은 말없이 서 있고
물은 멈춘 듯이 흐르는데
고기 잡는 노인 한가로이
세월만 낚고 있네

高山流水 그림 아래
모여 앉은 식자들
젊은 날의 꿈 어디 두고
시름만 낚고 있는가

어느 오후 카페의 풍경화 두 점

물의 노래 13

— 대지의 연인

하늘의 물감을 풀어놓은 듯
푸른 숨결로 흐르고 있는
물길 하나

굽이굽이 출렁이는 속살로
목마른 짐승들을 유혹하네

너의 젖줄 따라 논밭이 생겨나고
도시의 성곽이 세워지고
쇠와 불이 달구어졌으니
아담에게 선악과를 건넨 게 너로구나

카인의 후예들은 널 차지하기 위해
또 얼마나 많은 피를 흘렸던가

정복의 함성도,
멸망의 통곡도 모두 삼킨 채
아득한 시간을 달려온
대지의 연인이여

물의 노래 14

— 경화수월(鏡花水月)

오신다는 임
오지 않아도

그리움이 병 되기는커녕
사리보다 더 단단히
믿음으로 영그는,

거울 속의 꽃처럼
물 위에 뜬 달처럼
손에 잡히지 않아
더더욱 바라보게 되는,

그런 사랑을
어떤 이는 신앙이라 부르고
어떤 이는 넋 나간 놈의 짝사랑이라 비웃고
어떤 이는 이데올로기적 신념이라고 말한다

모두 다 마음의 자취인 것을

따찌야나

볼가강의 검푸른 물결이 넘실대는 밤이다
낡은 레코드판에서 백만 송이 장미가 피어난다
난 빛바랜 보드카 잔을 넘기며
한 여인의 조각난 삶을 맞춰본다
한겨울의 자작나무처럼 늠름한 스물한 겹의 청춘을
낮에는 대학 강의실에서 푸시킨을 읽는 청순한 따찌야나
밤에는 호텔 로비에서 욕망을 흥정하는 요염한 나타샤
TV 화면에 비친 자본주의의 신기루를 좇아
벤저민 프랭클린의 초상화와 우윳빛 살결을 교환하는 도플갱어
삼 분의 일은 눈감아준 자에게
삼 분의 일은 울타리 친 자에게
나머지 삼 분의 일로 달러 숍을 기웃거리는 허기진 눈동자
언젠가 내게 말했었지, 이 나라에선
모두가 봉급을 받지만 일하는 사람은 없다고
일하는 사람은 없어도 생산량은 초과 달성이고
생산량은 초과 달성이어도 상점에 물건이 없다고
…….
그녀의 푸념이 귓전에서 사라지기도 전에
모스크바엔 때아닌 폭설이 몰아쳤다

수많은 영웅 동상들이 눈에 파묻혀 동사하였다
붉은 광장엔 삼색기가 교수대의 밧줄처럼 내걸리고
프라우다 신문은 소비에트연방의 자살을 보도하였다
자본주의는 나타샤의 치마 밑에서 번식해갔지만
따찌야나의 꿈은 콘돔에 갇힌 정액처럼 버려졌다
노동은 사회주의적으로, 소비는 자본주의적으로
하고 싶다는 철부지의 꿈은 시궁창으로 흘러갔다
계절은 낡은 레코드판처럼 잘도 돌아가는데
그 사이사이로 수백만 송이 장미가 피었다 지고
다시 피어나고 있는데, 푸른 종소리로 푸시킨을 낭송하던
따찌야나는 어디에…
모래알처럼 흘러내린 시간 더미 위엔
나타샤만 홀로 앉아 있는데,
한겨울의 자작나무처럼 늠름하던 따찌야나는 어디에…

백야

실종된 애인을 찾아 세상을 떠돌다
빛이 어둠을 먹어 치운 도시에 이르게 되었다

1
시곗바늘은 한밤중을 가리키고 있었지만
불면증에 걸린 태양은 시든 빛을 분수처럼 뿜어댔다
떨어지는 빛 방울은 바람에 날려 하얗게 흩어지고
불 꺼진 가로등은 낮과 밤이 있었던 시절을 추억하는
쓸쓸한 묘비명으로 늘어서 있었다 그 사이로
사람들은 몽유병 환자처럼 얼빠진 모습으로 빠져나가고
간혹 다리 위에 뭉크의 절규로 서성이기도 했다

2
빛의 독재가 시작되면서
어둠의 자식들은 거리에서 사라졌다
거지, 매춘부, 도둑, 실업자는
새로 쓴 역사 교과서 속으로 강제 이주시키고
밀실의 어둠은 폐쇄되고 시민들은 광장으로 내몰렸다
어둠이 사라지자
빛은 있어도 그림자가 만들어지지 않았다

그림자를 상실한 사람들은 함께 있어도 늘 외로워했다
태양의 식민지가 되어버린 밤하늘엔 별도 뜨지 않았고
잠을 잊은 영혼의 가지엔 꿈도 날아들지 않았다
어둠에 대한 그리움만 하얗게 쌓일 뿐이었다

3

도시는 오래된 폴라로이드 사진처럼 지워지고 있었다
역사는 나른한 하품을 입에 문 채 졸고 있지만
달구어진 한낮의 욕망은 야심가들을 내몰 것이다
시원하고 은밀한 어둠을 제조하도록

빛에 가려 빛을 잃은 창백한 반달이
피에로의 눈에 맺힌 눈물방울처럼 차창 저편에서
떠나가는 날 배웅하였다
실종된 애인은 어디에도 없었다

자화상

구름도 쉬어가는 와운(臥雲)마을 푸른 하늘 아래서
난 추억하네, 겁 없이 태양을 향해 비상하던
이카로스의 시절을

그때 난 가진 게 없어도 행복하고
두려운 것도 없었지
허기진 짐승처럼 앎을 찾아
깨알 같은 글 속에서 헤매고
불의와 마주치면 사자처럼 포효하고
연민 앞에선 사슴처럼 눈물 흘렸지
내일은 안개에 싸인 미지의 숲이었지만
확신에 찬 이념의 사냥꾼에게
모든 것은 명료했다네

세월이 흐르고, 세상은 변하고
내 인식의 창에 드리워진 우상의 커튼이 걷히자
황금빛 방패와 창처럼 빛나던 이념은
해빙기 오후의 잔설처럼 녹아내리고
갈 길 잃은 사냥꾼은
욕망이 꿈틀거리는 도시의 바다로 떠났다네

일상의 바다에 닻을 내리고
성공의 꿈을 낚아 올리던 어느 날
알 수 없는 운명의 파도에 휩쓸려
육신은 산산조각이 나고
영혼은 새가 되어 자유를 얻었다네

그제야 난 알았네
초월의 고상함도, 밥벌이의 지겨움도
기실 동전의 양면이라는 걸
벼랑 끝에서 잡은 삶의 끈을 놓아버릴 때
자신을 옭아매었던 모든 포승줄이 풀리고
바람처럼 자유롭게 비상할 수 있다는 걸

난 감사한다네
지루하지 않은 인생을 살도록 도와준 운명에 대해
그리고 스쳐 지나간 모든 인연에 대해

달맞이꽃

새까맣게 타버린 가슴으로 돌아앉은
해바라기의 때늦은 후회인가
해 저문 산마루
간곡한 기다림으로 피어나는 꽃

환하지만
눈부시지 않아 좋은 달밤
님의 마음 닮아
수줍은 갈망으로 물든 노오란 꽃잎
꿈속의 나비가 내려앉은 듯

숱한 꽃들
태양을 연모하며
질투의 그늘에서 시들어갈 때
넌 어스름 달빛 아래
그늘을 만들지 않는 넉넉함으로
그윽한 아름다움을 일궈왔다

나뭇가지 끝에 걸린 새벽달
깨어나는 꿈길에서

또 다른 기다림의 윤회를 준비하며

고개 숙인, 키 작은 성숙

꼽추

가도 가도
모래바람과 돌아앉은 바위뿐
사막인지 모른 채 건너왔다
낙타의 걸음으로

물 한 바가지 건넨 흰 손
꽃 꺾어 돌아오니 간데없고
등 굽은 그림자만 홀로
고개 들어 하늘을 본다

하늘은 비었는데
세상은 어디 가나 담장이다
흔들리는 금—기
그리움은 담을 넘는다

꽃잎은 흩어지고
부서지는 뼈 창살
사막에 별이 뜬다

문틈 사이 훔쳐보던 눈동자

한 방울의 연민으로 난 잊히고

내 서러운 이야기만

세상을 떠돌 것이다

탱고

가질 수 없는 것에 대한
목마른 손짓

두 사람 밀고 당기며
정열을 불사르지만
하나 되지 못하는 어긋남의 박자

어긋나기에 애절한 두 사람
화려한 리듬에 맞춰 허공을 그리는
정열의 슬픈 몸짓

사랑한 것일까
사랑한다고 생각하는 것일까
그대를 사랑하는 것일까
사랑을 사랑하는 것일까

탱고,
다가가면 멀어져가고
돌아서면 다가오는 유혹

혹은

놓았다 다시 잡는

인연의 아스라함

우리, 탱고를 춰요

유혹받고

버림받은

저 기만의 세월을

지그시 밟으며

늦사랑

낙엽이 쌓이던 계절
앞마당 편지함에 수줍은 듯 꽂혀있는
연착한 엽서처럼
당신은 그렇게 내게 다가왔습니다.

첫눈이 내리는 날
다시 만나자고 약속하고 헤어졌던
첫사랑의 연인처럼
우리는 그렇게 다시 만났습니다.

첫사랑은 눈을 멀게 하지만
늦사랑은 마음의 눈을 뜨게 한다는 것을
당신을 통해 나는 깨달았습니다.

연착한 세월의 더께만큼이나
두껍게 낀 일상의 고독을 함께 닦아내면서도
반쯤은 남겨놓는 지혜로움을
우리는 이제 알고 있답니다.

멀리 날기 위해서는

너무 높이 날아서는 안 된다는
이카로스의 교훈도
가슴 깊이 새겨 두고 있지요.

당신과 함께 그려가는
남은 인생의 그림에
여백이 많았으면 좋겠습니다.
그러기 위해 채우면서도
끊임없이 비우는 연습을 해야겠지요.

내게 소망이 하나 있다면
일상의 가구들로 가득 찬 집보다
추억의 향기로 그윽한 집으로
우리의 미래를 초대하고 싶다는 겁니다.

이러한 소망을 품을 수 있는 나이까지
우리의 만남을 유예해준
운명의 신에게 감사할 따름입니다.

호두알을 굴리며

호두알을 굴리다가
불현듯 사전을 찾아본다
호두의 본딧말은 호도(胡桃), 오랑캐의 복숭아
단단한 것이 복숭아씨 같더니

호(胡) 씨 성을 가진 단어들을 떠올린다
호주머니, 호떡, 호밀…
사물의 이름에는 그것의 역사가 묻어 있다
이들에게선 바람의 냄새가 난다
경계 없는 땅 유라시아 대평원을 달리며
호주머니 달린 옷을 입고 호밀 가루로
호떡을 구워 먹던 이들의 숨결이 들린다
가진 것이라곤 몸에 지닌 것이 전부
땅에 뿌리박힌 것은 짐이 된다 하여 모두 버린 채
끊임없이 떠나가는 여행자의 삶이 느껴진다
세상을 품에 안은 자들의 열린 마음이
낯선 것에 대한 모험의 정열이

정착 문명의 변방을 떠돈다 하여
오랑캐라 불리며 수모도 겪었다

강성할 땐 정복자로 군림도 하고
쇠락했을 땐 비적 떼로 몰려 쫓겨나기도 했다
무지한 야만인으로 그려지곤 했지만
이들이 먹던 국수는 중국으로 가선 각종 면(麵)이 되고
시칠리아로 가선 각종 파스타가 되어
패스트푸드 문화의 선구가 되었다
동서를 잇는 누들로드가 되었다

호두알을 굴리며 생각한다
문명이란 서로 부대끼면서 만질만질해져 가는 것임을
고여 있는 중심은 출렁이는 주변에 의해 밀려난다는 것을
머물지 않는 유목민적 삶의 방식이
탈영토화하고 있는 시장경제 시대의 팬데믹임을
오늘도 스타벅스 한구석에서 노트북을 켜는 우리 아이의 미래임을

단풍

재를 남기지 않는
불꽃으로

비에 젖어도
꺼지지 않는 불꽃으로
타오르다

바람 칼날에 손목 잘려
제 몸 떠날 때
뚝 뚝
흐르는 붉은 비명
안으로
안으로 삭이며

운명을 삼킨
별똥처럼
침묵의 속도로
낙하하는

꽃보다 찬란한 이파리의 귀향

눈 내리는 밤에

흰 까마귀 떼가 날아든다
흰 어둠에 젖은 밤의 적막 한 모퉁이를 오려
편지를 쓴다

그리움에 취해 나 여기까지 왔노라고
카나리아 울어대는 시대의 우울을 지나
가출한 꿈을 잊은 불면의 밤을 지나
희망도 하품하는 먼 터널을 지나

굳게 닫힌 창문
추락하는 깃털 같은 사연들
망각은 강물 되어 흐를 테고
추억은 나뭇가지에 걸린 검은 비닐봉지
홀로 펄럭이다
어느 뒷골목 뒹굴며 쓸려가겠지

문득, 밝아오는 은빛 세상
새벽의 고요로 종소리를 접어 날린다
그리움을 떠나보낸다
이유 없는 아픔에게로

편견

하루에 두 번은 맞는다는
자부심으로

한 방향을 가리키며 우뚝 선
고장 난 시곗바늘

길

길은
앞서간 자의 유혹이다

앞서간 발자국이
길을 열고
뒤따르는 발걸음이
길을 만든다

사람들은 길을 걸으며
길든다

길은
자유의 소실점이 된다

詩人은
길에서 꿈꾸지 않는다

원반 던지는 사내

에게해의 푸른 물결에 씻기고
마라톤 평야의 따가운 햇볕에 그을린
야무진 돌 근육의 사내

신이 준 썩지 않는 살점으로
이천 년 세월의 무게를 견디며
시간의 모래사막을 건너온
불사(不死)의 욕망

어루만지면 뜨거운 숨을 몰아쉬며
가만히 내려설 것 같은
돌에 새긴, 영원(永遠)에의 몸짓
그 흔적의 순간들

이름 없는 꽃

우리 동네 뒷산은 나지막하여 이름이 없다
그 이름 없는 산 낮은 골짜기에 피어
사람의 눈길은커녕
나비도 그냥 지나치는 꽃들이 있다
보기에 따라 장미보다 예쁘지만
장미의 이름을 갖지 않아 기억되지 않는 꽃들
제철도 아닌데 피어난 그놈들을
철부지 꽃이라 이름이 어떤가
이 멋진 이름을 훈장처럼 달아주었건만
이름 붙인 이가 이름 없는 자인지라
한갓 허튼수작이 되고 말겠네

독도

내 것

네 것

이전에

홀로 선 바위나무

새들이 쉬어가는

바람의 둥지

하늘엔

하얀 파도의 꿈

한 점

경계 없이 흐른다

벚꽃 지는 달밤에

꽃 피는 춘삼월
웬 눈보라인가
바람 따라 술렁이는
눈꽃들의 아우성

생의 마지막
군무(群舞)를 추며 사라져가는
순백한 영혼들 앞에서
어찌 사랑하지 않고 견디랴

이 환장할 봄날
벚꽃 지는 달밤에

바위 꽃

바위틈에 핀 어린 들꽃 한 송이
봄이 와도 고개 숙이고 숨어 있네
한여름 뙤약볕 견디기 힘들겠지만
가을 오면 네 향기 천 리를 가리라

그 꽃에 대한 방주

한 시인은 노래했네.

"내려갈 때 보았네
올라갈 때 보지 못한
그 꽃"*

한 정치학자가 토를 다네.

"내려갈 때도 못 보았네
그 꽃
뒤돌아보기 바빠서"

한 철학도가 빈정대네.

"아예 관심도 없었다네
그따위 꽃들"

* 고은의 詩 〈그 꽃〉의 전문.

불혹의 강

아득히 먼 곳에 있는 줄 알았다
긴 터널을 빠져나오자
성큼 다가와 있었다
갈 길은 먼데 해는 저물고
서둘러 배를 저었다
강 건너 푸른 밤의 축제와
눈부신 아침의 휴식을 꿈꾸며

검은 비바람이 몰려왔다
거센 물결이 온몸을 덮치며
안경을 앗아갔다
선명하게 보이던 세상이 갑자기 흐려지고
뱃전에 부서지는 하얀 물거품과 함께
꿈도, 희망도 사라져갔다
건너편 기슭에 닿았을 때
난파당한 배들의 애틋한 사연이
바람결에 들려왔다
아무 일 없었다는 듯이 강물은 흐르고

어둠이 내렸지만 별은 뜨지 않았다

여름 한낮의 무성한 잎들도 흙으로 돌아가고
머지않아 하얀 눈꽃으로 휘날릴 것이다
눈꽃에 파묻혀 꿈꾸듯 잠들 수 있길 바라며
난 추억하리라, 그때
삶의 끈을 놓고 싶은 유혹을 물리친 것이
얼마나 장한 일인가를
그래서 그 강을 건너온 자들에게는
불혹의 강이었음을

초대받지 않은 손님

거미줄에 걸린
말라비틀어진 나뭇잎 하나

거미의 밥도 되지 못하고
흙으로도 못 돌아가는,

목련

봉긋이
부풀어 오른 춘정

이 밤 가고
또 가면
한 무리 나비 되어
지고 말 텐데

못다 한 말
흰 꽃향기에 적어
바람에 부치노라

인생

더불어
꽃봉오리를 이루었던
꽃잎들도

질 때는
낱낱이
홀로 가더이다

배꽃

1

문득 깨어보니 빈자리
꿈이런가 그대 흰 속살
달밤에 배꽃 흩날리더니
봄은 가고 그리움만 남네

2

그리움 사무쳐 피어난 꽃
꿈인들 어떠하리
배꽃 흩날리는 겨울밤
나비 되어 그대 찾으리

사랑할 때와 헤어질 때

골목길 서성이며
기다린 사랑

나뭇가지 흔들며 떨어지는 달빛
눈부시도록 황홀했다

골목길 나서며
되돌아본 사랑

불 꺼진 창 흩날리는 별빛
가슴 시리도록 푸르렀다

연(鳶)

어스름 깔린 저녁 하늘
흰 연기처럼 피어오른
줄 끊긴 연 하나

아쉬워하는 아이 달래며
할아버지 하는 말

아가, 산다는 게 그런 거여
연(緣)이 다하면
저 연(鳶)처럼 날아가 버리는 거여

그리곤
아이의 손을 꼭 잡는 할아버지
돌아서는 어깨 뒤로 펄럭이는
숱한 연줄들

이슬

인생이 나뭇잎 끝에 맺힌 이슬처럼
부서지기 쉬운 것일지라도
거기에는 무지갯빛 꿈과 사랑을
담기에 충분한 시공이 있다네

이슬이 햇살과 노닐며 무지개 그리는 동안
그걸 바라보는 아이들의 마음 밭에는
무지갯빛 꿈 자라고

이슬이 노래하는 새들의 목마름 덜어주면
그 노래 듣고 자라는 아이들의 가슴 호수에는
함께 떠날 나룻배 뜬다네

이렇듯 이슬은 사라져도
아이의 꿈이 자라고
사랑이 깊어지는 그 자리에
비 내리고 햇살 다시 깃들면
무지갯빛 꿈과 사랑을 담은
또 다른 이슬 영글겠지

잊힘

때로는 사랑하는 사람으로부터 잊히고 싶을 때가 있다.
세상에 변치 않고 영원한 것 어디 있으랴마는
석류 붉은 속처럼 붉게 영글었던 사랑의 마음도
계절이 바뀌고 비바람에 스치다 보면
스스로 터져 흙으로 돌아갈 수밖에 없음을
사랑하는 사람은 알고나 있을까.

때로는 사랑했던 사람으로부터 잊히고 싶을 때가 있다.
남몰래 숨겨온 그리움보다 더 애절한 것 어디 있으랴마는
오월 푸른 하늘처럼 드높았던 청운의 꿈도
세월이 흐르고 운명의 손톱에 할퀴다 보면
낡은 구두 속의 해진 양말처럼 볼품없어지거늘
그래서 스스로 발길을 돌려야 하는 이 아픈 마음을
사랑했던 사람은 알고나 있을까.

엇갈림

난 날 외면하는 널 사랑하고
넌 널 사랑하는 날 외면하네

넌 떠나버린 사람을 그리워하고
난 그리워하는 널 붙들려 하네

넌 헤어짐을 미리 걱정하고
난 만남을 뒤늦게 기다리네

엇갈리는 인생의 뒤안길
우리 말없이 스쳐 지나가네

상처 입고 싶지 않은 마음
상처 입히고 싶지 않은 마음
고이 포개져

못다 한 사랑 간직한 채
저만치 떨어져 지나가네

와운(臥雲)의 아침

물소리 바람 소리
구름에서 깨어나는 와운마을 아침 소리

금빛 햇살 은빛 물결
구름도 잠재우는 와운의 아침 빛깔

봄맞이

말 못 하는 나무와 풀들도
새색시 맞이하듯
봄맞이하느라 저리 분주한데

뜨거운 가슴 가진 사람들은
일상의 감옥에 갇혀
봄 오는 줄도 모른다네

봄 오길 기다리다
봄 온 줄도 모르고 보낸 해가
어디 한두 해이더냐

꽃 진 다음
봄 짧다 탓하지 말고
꽃 피길 기다리는 마음으로
봄을 즐겨보세

비 오는 날의 하루살이 같은 인생에도
봄은 오나니
욕심 근심 모두 내려놓고

봄맞이하러 가세

봄은 혁명이로세
만물을 소생시키는 자연의 혁명
손에 손을 잡고 나가
꽃들의 함성을 들어보세

이 찬란한 도취 앞에
남부러울 게 뭐가 있나
도토리 키 재기식 다툼일랑 그만두고
봄맞이하러 가세

풍류에 대하여

겨울비 내리는 운현궁 뜨락 거닐며
담장 너머 석조건물 바라보니
물안개 속으로 조선의 근대 어른거리네

떨어지는 빗방울이야 제 홀로이지만
처마 끝 낙수 소리 어울려져 심금 울리니
그 시절의 순애보가 새삼 애달파라

발아래 깔리는 어둠 지그시 밟으며
골목길 돌아 민가다헌 들어서니
격자문 사이로 조선의 문향 배어 나오네

살아온 삶이야 제각각이지만
술잔 기울이며 어울려 밤 깊어가니
조선 선비의 풍류가 새삼 그리워라

풍경에 취하고 소리에 취하고
술에 취하고 茶 향기에 취해보아도
허전한 인생, 또 무엇에 취해볼거나

와사등 불빛 아래 밤은 젖어가고

매화향 바람 타고 코끝 스치는데

날 알고 반겨줄 이, 그 어디에 있을거나

초승달

누가 그려놓은 눈썹인가

사막의 비단길 건너는
아랍 상인의 마음 홀리는
페르시아 공주의 눈짓인가

천축 갔다 돌아오는 길
신라 고승의 잠 깨우는
아미타불의 눈빛인가

서쪽 하늘 낮게 걸린
천년 유혹의 눈웃음

지워질 듯
지워지지 않은 채
새천년의 꿈 낚아채네

화양연화(花樣年華)

솔밭 가운데 홀로 선 벚꽃나무야

화사한 네 모습이 눈부시게 아름답구나

이 봄 다 가기 전, 꽃 지는 널 보며

노송(老松)은 또 얼마나 애태우겠느냐

별

— 소월에게

검푸른 밤하늘에
등불 밝힌 조각배들

은하수 건너가며
무얼 낚고 있는 걸까

못다 한 시인의 꿈은
내게 두고 가소서

장미

바람에 꽃잎 지듯 봄날은 가고

임 오시는 가을까지 기다림이 멀다

담장 밖으로 고개 내민 장미는

누구의 그리움으로 접어 저리도 붉은가

문(門)

문이 있는 곳엔
담이 있다

보이건 보이지 않건
안과 밖을 가르는
담이 있다

넘나들 수 없기에
안과 밖은
서로를 그리워한다

문이 있는 곳엔
길이 있다

좁건 넓건
안과 밖으로 통하는
길이 있다

그리움이 깊을수록
문은 좁아지고

담은 높아진다

문이 있는 곳엔
갇힘이 있다

문은 여닫는 것이지만
닫힌 문을 여는 것은
쉽지 않다

문을 열고
들어가기도 힘들지만
나오기는 더더욱 힘들다

청보리밭의 추억

산과 들에 영산홍 흐드러지게 필 무렵
내 고향 언덕배기엔
청보리가 자라고 있었다

소 풀 뜯기러 가는 길에
열여섯의 호기심은 보았네
바람도 사각거리는 청보리밭 한구석에서
알몸의 이브와 아담이 뱀처럼 뒹구는 광경을

그 후 그곳을 지날 때마다
이름 모를 여인이 앞가슴 풀어헤치고
유혹의 눈빛을 보내기에
다가가 덮치면 까칠한 청보리만 잡힐 뿐

삼십 년의 세월이 지나 다시 찾아봐도
내 고향 청보리밭에선
춘궁기의 식욕보다 더 파릇파릇하게
성욕이 자라고 있었다

어느 오후의 자화상

詩 쓴답시고 길의 이미지 찾아
관념의 미로를 헤매 보아도
펜 끝에 걸리는 詩語들은
모두 부끄러운 잡념의 비늘들,
우수수 털어버리고 집을 나선다

詩는 벙어리 소녀의 눈빛과 같아야 한다는데
생각을 비워야 가슴에 詩心이 고인다는데
손끝으로 쓰지 말고 소리로 길어 올려야 한다는데
구구절절 옳은 말씀, 그게 어디 그리 쉬운가

나이 오십에 철부지도 유분수지
돈도 안 생기고 아무도 읽지 않는 詩 왜 쓰느냐는
착한 아내의 구박에 고개 끄덕이면서도
다시 펜을 끄적이는
청춘의 열병처럼 되살아나는, 이 못 말릴 중! 독!

풍경

길에서 내가 찾아 헤맨 건
유랑극단의 소녀가 아니라 풍경이었다

빛의 변절에 따라
시시각각 얼굴을 바꾸는 화장술과
발걸음 옮길 때마다
무대 배치를 달리하는 연출법으로
나그네의 마음을 사로잡는
천(千)의 얼굴

풍경은 베일에 싸여 길 위에 서 있다
베일을 한 꺼풀씩 벗겨내는 눈만이
풍경의 깊은 속살을 볼 수 있다
자기 마음에 씌워진

잠식(蠶食)

누에가 뽕잎을 갉아 먹는 것인지
뽕잎이 누에를 갉아 먹는 것인지
확실치 않다

누에는 배를 채우기 위해 먹지만
뽕잎은 비단실로 변신하기 위해 먹힌다

누에는 제 쉴 곳을 마련하고자
있는 힘을 다해 고치를 뽑아내고

뽕잎은 환생의 꿈을 이루기 위해
온몸을 삭이는 아픔을 견뎌낸다

현생을 도모하는 자와
환생을 꿈꾸는 자의 숨 가쁜 대결

먹고 먹히는 삶의 팽팽한 역설이
비단의 고운 결을 만들어내고
문명의 씨줄 날줄을 엮어왔음을
뽕잎을 흔들고 지나가는 바람은 알려나

지나가는 바람으로

우리, 오늘은 헤어지고
먼 내일 기약 없이 만나자
지나가는 바람으로 쿨하게 마주치자
피해 가거나 못 본 척하지 말고
상큼하게 손짓하며 지나가자

지난봄은 여름보다 더 뜨거웠다
서로 화상만 입은 채
그걸 사랑이라며 껴안고 있었다
텅 빈 메일함처럼 비어있는 감정을
추억의 보석상자인 양 지키고 앉아 있었다
미련하게 혹은 꿋꿋하게

이젠 그런 걸 사랑이라 부르지 말자
어릴 때 읽어 기억도 나지 않는 구름 같은 이야기
〈구운몽〉이라고 부르자 세월이 흘러
오늘의 추억이 〈구운몽〉이 되었을 때
구만리 구름에 묻혀 가물가물해질 때

사랑의 문신도 새길 수 없는

한줄기 푸른 바람으로 마주치자

서로의 등을 시원하게 쓰다듬고 지나가자

사랑의 성분

그들의 동거가 언제부터 시작되었는지는 알 수 없다
내 안에는 육식동물과 초식동물이 함께 산다
기묘하지만 너무나 인간적인 현실이다
한 놈은 높게 걸린 눈부심을 열망하며 항상 허기에 차
으르렁대고 있다 이놈은 너무 야수적이다
한 놈은 낮게 버려진 가엾음에 공명(共鳴)하여 여린 마음
앓아가며 낑낑댄다 이놈은 너무 센티멘털해서 탈이다
난 앞의 놈을 욕망이라고 이름 짓고
뒤의 놈을 연민이라고 부르기로 했다

사랑이 젊음의 푸르름을 맘껏 발산할 때
좌절을 모르는 욕망은 위험한 공격성을 드러낸다
한여름의 녹음처럼 짙푸르게 번식하는 욕망의 질주
홀리고 홀리는 순간의 희열이 생명의 야수성을 보여준다

사랑이 나뭇가지 끝에 걸린 그믐달처럼 가냘파질 때
욕망은 늙고 병든 짐승처럼 야위어간다
먹이를 낚아챌 발톱도 없으면서 굶주림에 몸부림치는
그 모습이 안쓰럽고 역겹다 차라리 킬리만자로의 표범처럼
높고도 외롭게 얼어 죽는다면 얼마나 찬란하겠는가

사랑마저 육식성이 지배하는 세상, 연민은
오래된 쓸쓸함처럼 잊혀 산다 먼발치에서 뛰놀다
욕망이 할퀴고 간 상처로 울부짖는 생명들에게
말없이 다가가 그저 바라봐주고 쓰다듬어 준다
쫓기기만 할 뿐 쫓을 줄 모르는 비 공격성이 주는 평화로움이
이토록 놀라운 치유력을 발휘할 줄이야

내 안에는 켄타우로스(半人半獸)가 살고 있다
늙고 병든 줄 알았더니 야수처럼 달려드는 욕망과
바다처럼 낮아지고 있는 연민이 서로 체위를 바꿔가며
뜨겁게 동거하고 있다

동상이몽(同床異夢)

구속은 싫다, 사랑은 아쉽다
그늘에서 고개 숙이고 걷고 싶진 않다
애인 같은 친구 하나 갖고 싶다, 는 아내

새벽안개처럼 농염하되 젖어 들지는 않는
파란 하늘 흰 구름처럼 높이 떠 지켜봐 주는
가끔은 가문 날의 소낙비 되어 메마른 가슴 적셔주는
저무는 계절 허전한 인생길, 함박눈처럼 덮어주는

나도 누군가에게 그런 친구 되고 싶다, 는 남편

쓸쓸한 욕망만 바람에 서걱거리는 불혹의 정원
다른 꿈을 꾸며 살아가는 부부들

주름

당신 입가의 주름
사랑스러워 아름다워라
함께 나눈 시간의 흔적
환한 미소로 피어나길
내 떨리는 입맞춤으로 기원하노라

당신 머리의 하얀 새치
눈부시게 애틋하여라
젊음이 아쉬운 듯 지나간 자국
다시 시작하는 우리 사랑의 이정표임을
내 설레는 가슴으로 감싸 안노라

세월의 강물에 씻기어
모난 성격도 둥글어지고
잘난 오만도 갈기갈기 해어졌거늘
늙어간다는 건 참 쓸쓸하면서도 편해지는 것임을
당신 어깨 기대어 생각해 보노라

소리

새벽을 달리는 앰뷸런스 소리
전화 받고 화들짝 놀라는 소리
아이 껴안고 서럽게 우는 소리
돈 때문에 옥신각신하는 소리

부활절 멀리서 들려오는 종소리
집 나간 아들의 발걸음 소리
신부님 앞에 낮은 목소리
늙은 어머니 중얼거리는 소리

한여름 원두막 두드리는 빗소리
사막의 꿈 깨워주는 천둥소리
수박 넝쿨 사이로 거친 숨소리
살아 꿈틀대는 심장의 고동 소리

독설

날아오는 화살은 피할 수 있지만
들려오는 소리는 피할 수 없다

몸에 난 상처는 아물지만
마음에 새겨진 치욕은 지워지지 않는다

한밤중 담장을 넘어온 자객의 칼날보다
더 치명적인,

웃는 얼굴로 내뱉는 한마디

추억

1

세월은 떠나고

남겨진 연인

멀어질수록

야위어가지만

맑아지는 얼굴

2

아련히 달라붙는

삶의 그림자

떨칠 수 없기에

안고 가는

조각난 구속

3

젊음과 늙음 사이

마음의 분계선

미리 본 꿈처럼

되살아나는

시간의 망령

바람의 애무

햇볕이 쨍쨍한 오후
호수공원에 나가면
바람이 바람피우는 현장을 덮칠 수 있다

스쳐 지나가는 손길에
파르르 떨고 있는 나뭇잎
두근두근 출렁대는 잔물결
거친 숨 몰아쉬며 펄럭이는 깃발
바람의 애무에 모두 자지러진다

그리곤 아무 일 없었다는 듯이
바람은 유유히 사라진다
바람다움이 뭔지 보여주듯이

한여름 밤의 인생 이야기

세상살이에 눈을 뜨면서
둘이 하나임을 깨닫게 되었다
빛과 어둠이 하나이고
행과 불행이 하나이고
삶과 죽음도 결국은 하나임을

인생의 쓴맛 단맛 다 겪다 보니
같아 보여도 같지 않다는 걸
실제와 위안은 다르다는 걸
좋고 싫음의 차이가 있다는 걸
알게 되었다

세파에 반쯤 난파되어 떠돌다 보니
자기를 용서하고 운명과 타협하는 법을
한여름 밤에 달콤한 꿈을 꾸는 법을
꿈인 줄 알면서도 속아주는 법을
배우게 되었다

산다는 게 이렇게 치사할 줄은 몰랐다

친절한 리바이어던 씨

밀가루를 배급받기 위해 난
태어나기도 전에 출생신고를 마쳐야 했다
그는 동사무소에 앉아 친절하게
바코드를 새겨주었다
이름보다 정확한 열세 자리 숫자를

여덟 살이 되자 난 학교에 보내졌다
그곳에서 파블로프의 개처럼 훈련되었다
종소리에 맞춰 집단행동을 하고
교과서와 선생님 말씀을 주기도문처럼 외우고
사지선다식 시험을 통해 앎의 충성도를 테스트받았다
졸업을 앞두고 그가 슬그머니 나타나
병아리 감별사처럼 청춘의 가능성에 등급을 매겼다
한 가지 기준에서 탈락한 숱한 익명의 재능들이
어둠 속에 묻혀버리고
아이들의 앎과 꿈은 붕어빵을 닮아 갔다

성인이 되어 대학의 문턱에 들어서자
제복 입은 조폭의 모습으로 그가 성큼 다가왔다
불법 시위를 한다고 하여 시민들을 수탉 잡듯이 잡아다

닭장차에 싣고 가버리면서
자신은 꽃밭에서 불법 폭탄주를 돌리곤 하였다
그 알쏭달쏭한 파워가 멋있다 하여 고시생들은
잠꼬대와 같은 밤을 보내고 있다
난 휴학계를 내고 입영통지서를 받고서야
내 몸이 내 것이 아니라는 걸 깨달았다

대학을 졸업하고 취직을 하자
이번엔 세금 고지서를 들이밀며 찾아왔다
맥주를 마실 때도 아파트를 사고팔 때도
교통신호를 위반했을 때도
거머리처럼 달라붙어 돈을 뜯어 갔다
뜯어가는 게 많은 만큼 씀씀이도 헤펐다
길에다 많은 돈을 흘리고 다님으로써
업자를 살찌우기도 하고 백수를 구제하기도 했다

결혼하고 해외여행 갈 때도
길목을 지키고 있다가 패스포트를 보자고 했다
죽은 다음에도 그가 발급한 사망 증명서가 없으면
흙에 묻힐 수 없다

요람에서 무덤까지

너무나 친절한 리바이어던 씨

불륜

꿈속에서
한 사람을 만나
사랑에 빠져
행복해하다가
화들짝 놀라 깨어나는 일

혹은
꿈이 아니길 바라며
일어나지 않고
머무적거리는 일

시(詩)

난 그녀가 대단히 고상하고 지적인 여자인 줄 알았다
내가 본 건 그녀의 빛바랜 옛 사진이었는지도 모른다
그녀를 짝사랑하면서부터 난 벤저민 버턴이 되었다
눈에 아른거리는 그녀 모습을 스케치하면서
몽마르트르의 화가라도 된 듯 으슥해보기도 했다
막상 그녀를 만나보니 나의 기대는 허공에 던져진 술잔!
그녀는 겉멋만 부리는 골 빈 년 같다
남들이 하지 않은 새로운 패션을 창출하기 위해
미친 듯이 골몰하는 모습이 한심하다
이해할 수 없는 그로테스크한 옷차림으로 나와
멋있냐고 물을 땐 짜증이 난다
뭐라고 하면 촌놈 취급을 당할 것 같아 빙긋 웃고 말지만
속으로는 야, 그러니깐 안 팔리는 거야,
니들끼리 잘 놀아봐, 라고 한마디 쏘아주고 싶다
그녀는 속마음을 잘 드러내지 않는 내숭쟁이
어눌한 주제에 날 보러 말이 많다고 핀잔을 준다
몇 차례 만나고 나서야 난
그녀의 매력은 지적인 데 있는 게 아니라
감각적인 섹시함에 있다는 걸 깨달았다
도발적인 옷차림 속에 숨겨진 영혼의 에스라인

느낄 수 있는 자에겐 치명적인 유혹이지만
대중적이지는 못한, 그렇기에
모든 것이 팔려 가는 세태 속에서도 팔리지 않고
가난하고 높게 머무는
난 그녀의 끼를 감당할 수 없어 포기하기로 했다
처도 쌍수 들어 날 다시 맞아주었다
이 정도의 불장난으로 끝낸 게 다행이라면서
아니, 그런데 지금 내가 뭘 하고 있지?
다시 그녀 얼굴을 그리고 있잖아

천지불인(天地不仁)

1

바람의 전쟁 끝나고

길가에 뒹구는 나신들

뿌리째 뽑혀

그 위를

천연덕스럽게 지나가는

가을 저녁 보름달

2

추억이

덩그러니 앉아 있는

빈 벤치

그 위에

낙엽만 뿌리고 지나가는

가을 저녁 찬바람

들국화

어둠이 고인 하늘호수
별빛 은어 떼
물결 따라 술렁이고

이 산 저 산
외로이 거닐던
떠돌이 가을바람
후드득
별빛 비늘 쏟아내는데

돌아가는 길섶
흰 서리처럼 눈에 밟히는
들국화 한 무더기

청춘의 숙취에서 깨어나듯
불혹의 외로움에 흔들리듯
쓸쓸히 웃고 있네

옥탑방과 펜트하우스

지옥은 천상에도 있다

갈 데 없는 빈손들이
한여름 유황불과
한겨울 얼음 바람에
몸서리치며 탈주를 꿈꾼다

소주 한 잔의 안식도 있건만
욕망은 누울 자리가 없다

천국도 허공에 걸려 있다

할 일 많은 바쁜 손들이
더 채우기 위해
몸부림치며 비상을 꿈꾼다

시간이 빠져나간 텅 빈 침실
선망의 시선만 있고
선망의 대상은 부재중
꿈은 잠을 찾아 헤맨다

서울 허공에 떠 있는 부동산(浮童山)들

샤갈의 인과율

초록 하늘에 붉은 달이 뜬다
수탉이 새벽을 알리는 신호탄을 오발하자
올빼미가 깜짝 놀라 귀가를 서두르고
도서관을 점거한 염소는 볼모로 잡은 책들을
하나씩 살해하기 시작한다

문법의 앙상 레짐을 전복한 책의 학살
우편배달부는 시인공화국의 소인이 찍힌 혁명을 배달하고
혁명은 노란 장미꽃 향기에 취해 곯아떨어진다
꽃다발을 든 황소가 서커스 소녀에게 구애를 하자
소녀는 인어로 변신하여 은하수로 돌아간다

은하철도를 타고 소녀를 찾아 나선 황소
그리움에 사무쳐 별자리로 박히고
눈물 고인 별빛은 빈센트의 캔버스에서 소리 내어 우는데
지붕 위의 바이올린은 백만 송이 장미를 연주하고
지상의 연인들은 달빛 떨어지는 수풀 속에서 야합한다

이것이 인생이요 역사라고 전람회장의 방명록에 쓰다

내게는 멋진 친구가 있다네

뭐 詩가 따로 있나
짧게 행 바꿔 쓰면 詩지
가슴속에서 우러나오는 얘기가 다 詩인 기라

내 친구 얘기 좀 해야겠네
다 늙어 청춘의 모닥불을 지피는
도시의 찬란한 불빛에 잠 못 이루고
높이 솟은 빌딩 숲을 향해 돌진하는
그 옛날 라만차의 사나이 같은

그 친구 하는 말 좀 들어보소
비극은 에피메테우스에서 비롯되었다는
희망은 욕망을 낳고
욕망은 정복을 낳고
정복은 권력에의 도취를
권력에의 도취는 불패의 오만을…
그리하여 자기 배꼽에서 태어난 아이에게
멱살 잡혀 죽어가는 가이아의 슬픈 사연을

하여 그 친구

새해에 복 많이 받으라 하지 않네
작게 바라고 스스로 만족하라고 할 뿐
하긴, 뭐 성공이 따로 있나
스스로 만족하면 성공이지
작은 일에 보람을 느끼면 다 성공한 기라

내 친구 얘기 좀 더 해야겠네
말 잘하고 활발해 늘 모임의 중심이 되는
중심이면서 중심임을 포기하여
모두가 중심이 되는 관계를 만들어내는
그 옛날 老子의 제자 같은

그 친구 하는 말 좀 들어보소
모든 권력관계는 우상화로 귀결된다는
비교는 경쟁심을 낳고
경쟁은 우월감과 열등감을 낳고
우월감은 중심에의 열망을
중심에의 열망은 우상화를…
그리하여 사람과 사람 사이에 우열이 생기고
죽은 우상을 섬기게 된다는 무서운 얘기를

하여 그 친구

죽은 이를 열사로 떠받드는 일에 반대한다네

그냥 벗으로 추모하길 바랄 뿐

하긴, 뭐 烈士가 따로 있나

열심히 살다 가면 烈士지

사랑하는 사람 뜨겁게 사랑하다 가면 다 烈士인 기라

【 김세걸의 소설과 시·1 】

아무도 미워하지 않는 자의 회억과 자화상

황인숙 · 시인

1. 탱고

김세걸 시에서 다음 구절을 읽으며 복거일 선생님 생각이 났다. "난 감사한다네/ 지루하지 않은 인생을 살도록 도와준 운명에 대해/ 그리고 스쳐 지나간 모든 인연에 대해"(시 '자화상'에서) 1987년, 마흔 갓 넘은 나이에 독특하고 매력적인 장편 〈비명碑銘을 찾아서〉로 혜성처럼 등장한 복거일은 그 뒤 시와 소설과 시사평론을 왕성히 써오고 있다. 소설과 시를 묶은 김세걸의 첫 창작집을 읽으며 복거일 선생님을 떠올린 것은 '인연'을 소중히 여기는 따뜻한 성품의 작가라는 느낌, 그리고 성년이 된 이래 문학판 안에서만 지내온 대개 문인들과 달리 실제 사회 경험이 풍부한 지식인이라는 공통점 때문이리라.

복거일은 자유주의자고 김세걸은 사민주의자다. 세계관이 다른 만큼 가치관도 삶의 양태도 다를 테다. 예컨대 〈하얀 요트〉; 후일담이라면 읽을 만큼 읽어서 식상할 거로 생각했는데 진진하게 잘 읽힌다. 한 마디로 재미있다. 김세걸만의 경험이 녹어들어 있어서일 테다. 다른 두 편 소설도 문학 창작과는 거리가 먼 세월이 오랬다는 게 믿기지 않을 정도로 탄탄하다. 그가 회심처로 문학을 택하시기를 잘했다. 아니, 그에게는 문학이 이제야 회심처가 된 게 아니라 고향이었던 것일까.

쉰이 훌쩍 지나 소설을 쓰기 시작했는데 그 소설이 읽음직스럽다는 건 본래 글재주가 있어서이기도 할 테지만, 재주만으로 작품이 되지는 않는다. 모든 인연을 중히 여기는 성품에서 비롯된, 자기를 스쳐 가는 세상 만물과 세상만사에 대한 존중이나 연민, 나아가 사랑과 연대감으로 소소하거나 미미한 존재의 곁도 놓치지 않는, 무릇 시인이나 소설가면 그래야 하듯 민감하게 촉수를 세우고 살아온 내력이 큰 자산이 됐을 테다.

우리 탱고를 춰요

유혹받고

버림받은

저 기만의 세월을

지그시 밟으며

— 시 '탱고'에서

유혹받고 버림받는(혹은 버림받았다고 느끼는), 그것이 인생이고 특히 청춘일 테다. 소설과 시로 미루어 김세걸은 일찌감치 이념과 사람에 깊이 유혹받고 버림받은 듯하다. 기어이 쓰지 않고는 견딜 수 없이. 그토록 시린 퍼렁, 그만큼이나 뜨거웠을 유혹의 붉음. 긴 세월이 지나 이제는 담담히, 자기도 모르게 마치 한 편 드라마의 주제곡처럼 떠올라 흥얼거리는 탱고. 내내 그 가슴 속에 흐르고 있었을. 앞으로도 김세걸이 지그시 밟을 우울하면서 열정적인 탱고를 기대해본다.

2. 인간의 굴레

〈하얀 요트〉는 '강원도 산골의 농사꾼 아들로 태어난 아이가 공부 좀 잘한다는 이유만으로 서울에 있는 유수의 명문대를 졸업하고 재벌그룹에 속하는 대기업에 취직'한 화자 홍상철이 부잣집 아들이면서 70년대 민주화 운동을 주도했으며 소련 해체 이후 저돌적인 투기로 자산가가 된 허용만의 화려한 행적과 몰락을 그리고 있다.

홍상철은 대학 1학년 때 법정 지원 투쟁으로 선배들을 따라간 법정에서 처음 본 운동권의 전설적 인물 허용만의 최후진술을 듣고 매료됐다. 그리고 10년이 지나 민주동문회 송년회에서 기조연설을 하는 허용만을 다시 보게 된다.

"……지난 시절 우리는 자본주의의 우상을 깨기 위해 이성의 칼날을 갈아왔습니다. 자본주의의 우상을 깨고 나자 이번엔 사회주의의 우상이 생겨나 우리의 이성을 마비시키고 있습니다. (……) 때로는 자본가들이 역동적이고 창의적인 사고를 통해 역사에서 진보적 역할을 수행하기도 합니다."

이런 연설을 한 허용만은 뒤풀이 자리에서 "이제 기동전의 시대는 끝났어. 진지전을 수행하려면 진보세력이 사회 곳곳에 다양하게 포진하고 있어야 해. 블루칼라만 혁명적 노동자가 되는 게 아니야. 탈산업화 시대가 되면서 화이트칼라의 비중과 역할이 더욱 중요해졌어."라는 말로 '다양한 삶의 모습을 연출하고 있는 후배들을 가리지 않고 다 포용하고 도닥거려주었다.'. 그 뒤 사무실이 가까운 홍상철과 허용만은 급속히 가까워지게 된다. "자본가가 남긴 이윤은 정당한 거냐, 아니냐? 도둑이 들어 그 자본가의 돈을 훔쳤다면, 그건?" 이런 논리로 주식 부당거래를 해 치부하고, '1940년대 파리의 클럽 분위기가 나는' 술집을 단골로 드나들며 칼바도스를 마시고 취흥에 겨워 '인터내셔널 찬가'를 흥얼거리는 허용만. "사람들의 심리와 돈의 생리를 훤히 꿰뚫고 있었다"는 허용만한테 '말귀를 알아듣되, 등 뒤에서 칼을 빼지 않을, 믿을만한 후배'로 인정받은 홍상철도 허용만이 흘려준 '돈이 될 만한 정보'에 힘입어 회사원으로서는 만지기 힘든 돈이 생기게 된다. 그런데 그 이익이 '자본가의 부당한 이익'을 빼돌린 걸까? 불어가는 자산에도, 말 잘하고 호방한 선배의 우의에도 취해 있던 홍상철이 회의에 찬 말을 꺼내는 날이 오고야 만다. "형, 형 얘기는 구구절절이 다 진리요, 옳은 말씀인데, 마르크스가 말하는 물신숭배, 그러니까 황금 숭배 같은 거에 빠져 있는 건 아닐까?" "그리고 내가 이런 말 할 처지는 아니지만, 형에게 너무 많은 신세를 져서 몸 둘 바를 모르겠지만, 사실 나 그동안 아주 괴로웠어. 물론 형은 나보다 더 괴로웠겠지만……"

"언젠가 이런 날이 올 줄 알았다"로 시작한 허용만의 대답은 "우리 모두 자본주의와의 전쟁에서 패잔병들이야." "사회주의는 자본주의의 야수성을 조금 가리기 위한 장식품에 불과한 거야." 이런 멋진 푸념이다. 자본주의와 전쟁을 한 게 아니라 실은 적극 투항한, 한 386 운동권 인사의 타락을 작가는 〈하얀 요트〉에서 애잔한 마음으로 적나라하게 펼쳐 보인다.

제목 〈하얀 요트〉는 영화 〈태양은 가득히〉에 등장하는 하얀 요트에서 비롯됐다. "이 영화를 본 후 홍상철은 부와 여유가 공존하는 성공한 인생의 상징으로 하얀 요트를 꿈꾸게 되었다. (……) 본인의 노력 여하에 달린 아파트와 승용차와는 달리, 하얀 요트를 즐길 수 있는 여유로운 삶은 확실히 행운의 영역에 속하는 것이었다."

좌파는 행운이나 운명을 믿지 않는다. 허용만이 정신적으로 전향하지 않았다면 실제의 몰락도 없었겠다. 저 혼자만 몰락한 게 아니다. 하얀 요트는커녕 아파트와 승용차도 뜬구름 같기만 할 지금 젊은이들 실정이 문득 시리게 와 닿는다. '본인의 노력 여하에 달린 아파트와 승용차'라니……. 많은 사람에게 참 괜찮았던 시절이었는데, 시절에도 저버려진 사람들이 있다. 저버려진 사람들은 대개 못 배우고 가진 게 없는 사람들이었다. 많이 배우고 사회 개혁운동에 열심이었던 허용만 같은 사람들조차 하얀 요트의 꿈을 좇느라 저버린 사람들.

〈의혹〉은 "15년 동안 다니던 대기업 홍보실을 그만두고 새로 일을 찾는 동안 출판사를 경영하는 친구의 권유로 외부 기획위원을 맡고 있던 참"인, 즉 현재 실직자인 남자가 겪은, 간밤에 비 내린 늦가을의 어느 평일 오전 10시 46분, 편집기획 회의에 가는 길에 낸 교통사고 처리 과정 상황들과 의식의 흐름을 절묘하게 담은 소설이다.

피해자, 목격자, 파출소, 병원, 본서 교통계, 보험회사, 피해자 가족. 남자에게는 사람이고 시스템이고 모든 게 야속하고 알쏭

달쏭 두루뭉술하다. 처음에는 "아이고, 사고다, 사람을 치었구나, 하는 자책감이 가슴을 아프게 짓눌러"오며 동시에 "빌어먹을, 없는 살림에 몇백만 원 깨지게 생겼구나, 하는 냉정한 계산도 스파크처럼 머릿속을 스쳐"간 단순한 사고였는데, 뒤 차 운전자가 "아저씨, 저 할머니 수상해요. 가만히 서 있다가, 갑자기 뛰어들어 부딪힌 거 같았어요."라는 중요한 말을 남기고 쌩하니 가버린 뒤 복잡해진 것이다.

〈의혹〉의 키워드 하나는 '역지사지'다. "내 얘기도, 경찰 입장에서 보면, 사고를 낸 운전자가 자신의 책임을 면해 보려고 지어낸 이야기로밖에 들리지 않을 것이다." "경찰서에서 조서를 쓰다 보니 목격자가 증언을 기피하고 훌쩍 가버린 이유를 알 수 있을 것 같았다" "이번에도 병원의 입장에서 다시 생각해 보았다. 병원은 기본적으로 환자 편을 들 수밖에 없다." "보험회사 직원 입장에서야 자기 돈 나가는 것도 아닌데, 한참 열 받아 있는 피해자 측 가족과 싸워가면서 가해자 편을 들어줄 리 없는 것이다."

불편부당을 느낄 때 분노하지 않으려면, 여전히 억울하지만 참을 수 있으려면 일이 되어가는 꼴을 이해해야 한다. 그러자면 상대방 속을 헤아려보아야 한다. 드러나지 않는 상대방 속을 헤아리는 게 역지사지다. 그 헤아림이 틀릴 수도 있어서 의혹이 끝나지 않지만.

그 와중에, 아버지가 살아 있으면 그 '빽'으로 간단히 처리될 수도 있을 터라고, 답답한 김에 떠오른 방책에 화들짝 가책을 느끼던 화자의 의식이 아버지 생각 쪽으로 흐른다. "아버지의 의심은 나에 대한 외면과 어머니에 대한 학대로 표현되었고, 날이 갈수록 더 심해졌다." 아버지가 나한테 왜 그랬지? 그에 대한 남자의 의혹은 풀렸지만, 아버지의 의혹에 대한 의혹은 풀릴 수 없다. "큰아버지와 어머니 사이에 무슨 일이 있었는지는 큰아버지 외에 아무도 모른다. 어머니조차도 정신을 잃고 쓰러져 있었기 때문에 자신에게 무슨 일이 일어났는지 알 수가 없다."

우리는 자신의 기억을, 의식을, 온전히 믿을 수 없다. 어쩌면 자해공갈에 당한 걸지 모르는 교통사고라는 사건 속에서 거듭 반전하는 의혹이 〈의혹〉의 묘미다.

〈불혹의 강〉은 자전적 요소가 많은 소설이다.

> 사고가 나기 전까지만 해도 그는 무신론자였다. 엄밀히 말해 변증법적 유물론자였다. 세계는 객관적 합법칙성에 따라 움직이며, 인간의 이성은 이 합법칙성을 인식할 수 있으며, 필연의 인식에 기초하여 올바른 실천을 하면 세계를 합목적적으로 개조할 수 있다는 진보사관의 신봉자였다. 사고 이후 그는 한 치 앞을 내다보지

못하는 인간의 인식 능력과 세상사의 불가사의에 대해 깊이 생각하게 되었다.

능력 있고 '확실히 끌어주는 인맥'도 있으며 친화력도 있는 그가 "사고와 함께 모든 것이 어긋나기 시작"했단다. 승승장구하던 그는 입원이 길어지면서 한직으로 밀려나기까지 한다. "산다는 게 이렇게 치사할 줄 몰랐다"(시 '한여름 밤의 인생 이야기'에서)를 절감하던 때, "사무치는 그리움과 회한으로 얼룩진 세월, 단 한 순간도 잊어본 적 없는 여인"으로부터 한번 만나보고 싶다는 연락이 온다. 헤어진 지 24년 만에.

김세걸은 같은 제목으로 시도 썼다.

> 어둠이 내렸지만 별은 뜨지 않았다/ 여름 한낮의 무성한 잎들도 흙으로 돌아가고/ 머지않아 하얀 눈꽃으로 휘날릴 것이다/ 눈꽃에 파묻혀 꿈꾸듯 잠들 수 있길 바라며/ 난 추억하리라, 그때/ 삶의 끈을 놓고 싶은 유혹을 물리친 것이/ 얼마나 장한 일인가를/ 그래서 그 강을 건너온 자들에게는/ 불혹의 강이었음을
>
> — 시 '불혹의 강'에서

"불혹이란 욕망의 유혹을 이겨낸 자들보다는 죽음의 유혹을

이겨낸 자들에게 주어져야 할 명예로운 호칭이 아닌가 생각합니다."(소설 '불혹의 강'에서) 그래, 죽음을 선불리 말하지 말자, 하고 독자는 다짐해본다. 길을 가다가 허름하다는 말로도 부족하게 허름한 사람, 몹시 가난해 보이고 몹시 늙은 사람을 마주치면 그 불우를 옮을세라 겁에 질려 급히 비키는 사람들도 있을 테다. 하지만, 어쩌면 평생 불우했을, 그렇게 끝내 주어진 삶을 살아온 것이다. 얼마나 장하신가. 얼마나 떳떳하신가. 하물며…….

3. 수렵의 시대가 가고 약탈의 시대에서

"나이 오십에 철부지도 유분수지/ 돈도 안 생기고 아무도 읽지 않는 詩 왜 쓰느냐는/ 착한 아내의 구박에 고개 끄덕이면서도/ 다시 펜을 끄적이는" (시 '어느 오후의 자화상'에서) 시인의 모습이 눈에 선하다. 오십 전에도 이따금 시를 써왔을 테다. 문득 뭔가가 시심을 건드리면 스케치하듯 '끄적'였을 테다. 이제 시에 성심으로 정진하겠다고 마음먹은 듯, 시란 정말 무엇인가 궁리하고, 젊은 시인들의 시집을 찾아 읽어본 모양이다.

난 그녀가 대단히 고상하고 지적인 여자인 줄 알았다/ 내가 본 건

> 그녀의 옛 사진이었는지도 모른다/ (……)/ 막상 그녀를 만나보니 나의 기대는 허공에 던져진 술잔!/ 그녀는 겉멋만 부리는 골빈 년 같다/ 남들이 하지 않는 새로운 패션을 창출하기 위해/ 미친 듯이 골몰하는 모습이 한심하다/ 이해할 수 없는 그로테스크한 옷차림으로 나와/ 멋있냐고 물을 땐 짜증이 난다/ 뭐라고 하면 촌놈 취급을 당할 것 같아 빙긋 웃고 말지만/ (……)/ 몇 차례 만나고 나서야 난/ 그녀의 매력은 지적인 데 있는 게 아니라/ 감각적인 섹시함에 있다는 걸 깨달았다/ 도발적인 옷차림 속에 숨겨진 영혼의 에스라인"
>
> — 시 '詩'에서

공부도 참 잘하는 시인이다. 안 읽혀도 내던져버리지 않고 열심히 헤아려 읽는다. 감상을 솔직히 드러낸 재밌는 시다. 김세걸 시들은 드물지 않게 번득이는 재치로 웃음을 주지만, '따찌야나'나 '그 시절의 청춘' 같은 시들은 잘 우려진 성찰과 회한이 어우러져 여운이 길다.

> "낮에는 대학 강의실에서 푸시킨을 읽는 청순한 따찌야나/ 밤에는 호텔 로비에서 욕망을 흥정하는 요염한 나타샤/ (……)/ 모두가 봉급을 받지만 일하는 사람은 없다고/ 일하는 사람은 없어도

생산량은 초과 달성이고/ 생산량은 초과 달성이어도 상점에 물건이 없다고/ (……)/ 프라우다 신문은 소비에트연방의 자살을 보도하였다/ 자본주의는 나타샤의 치마 밑에서 번식해갔지만/ 따찌야나의 꿈은 콘돔에 갇힌 정액처럼 버려졌다/ 노동은 사회주의적으로, 소비는 자본주의적으로/ 하고 싶다는 철부지의 꿈은 시궁창으로 흘러갔다"

— 시 '따찌야나'에서

페레스트로이카 이후, 소련 해체는 이념에도 사상에도 관심없고 관계없던 독자 같은 사람조차 충격을 받게 했다. 그 길고도 긴 세월, 수많은 사람을 질곡에 몰아넣고 목숨까지 걸게 했던 '그것'이 없었던 일인 양 아무것도 아니게 됐다고? 독자의 비애에 가까운 허망감은 감상에 그쳤지만, 사회주의를 신봉했던 사람들의 심정이 어땠을까. 당시 '인터걸'이라는 용어가 회자됐었다. '따찌야나'는 사회주의를 추종했던 청년이 인터걸로 살아가는 '한 여인의 조각난 삶을 맞춰'보며 소비에트 연방과 그 인민에 대해 두 겹으로 부르는 애가다. 소련이 무너지지 않았으면 대한민국 386세대 운동권이었던 이들의 삶도 달랐을까.

우리들의 청춘은 한겨울 연탄불 꺼진 자취방에서 싹터/ 화염병의 검은 연기와 함께 날아가 버렸다// 멀리서 북소리가 울려왔다/ 죽은 영혼들이 새 떼처럼 날아올랐다/ 화들짝 놀란 군홧발이 퇴각 나팔을 불었다/ 하얀 테이블 밑으로 누런 봉투가 오가고/ 죽은 자의 몫은 산 자가 챙겨갔다// (……)// 신념이 남긴 상처 위로 세월이 흘러갔다/ 상갓집 술상 위에 떠도는 얘기 속에서나/ 다시 만나는 그 시절의 친구들/ 누구는 사업한답시고 돈 떼어먹고 사라지고/ 누구는 암으로 저세상 사람이 되고/ 누구는 이번 선거에 어디서 공천을 받고

— 시 '북소리 9—그 시절의 청춘'에서

그것이 인간이고 인생일까. 김세걸 소설과 시에서 환멸과 안쓰러운 후일담만이 아니라 아름다운 후일담을 보게 되기도 할까? 역작 '만물의 세계사'는 그의 시적 지평과 지향점을 보여줌과 동시에 한국의 시 독자들에게 조금은 낯선 독서 경험을 안겨줄 것으로 기대된다. 총 30편에 달하는 이 연작시의 첫 번째 작품은 '불'이다.

프로메테우스를 괴롭히고 있는 것은
간을 쪼아대는 독수리만이 아니다
정녕 견디기 어려운 것은

인간의 어리석은 불장난을 볼 때마다 느끼는
자신의 경솔함에 대한 뼈저린 후회일 것이다

— 시 '불—만물의 세계사 1'에서

불이 무슨 죄가 있을까? 어떻게 사용할 것인가. 문제는 공부다. 젊은 시절을 일관한 사회과학적 지적 탐험과 한층 원숙해진 삶의 깨달음을 집약하여 문물의 역사를 시로 써내면서 김세걸이 일깨우고 싶은 건 심성일 것이다. 마음의 야만을 벗어나자는 것일 거다. 김세걸이 원숙한 이상주의자로서 젊은이들에게 희망을 주는 소설과 시를 양산하기를!

※

【 김세걸의 소설과 시·2 】

정의와 낭만— 원숙한 이상주의자의 옆모습

김홍경 · 뉴욕주립대 스토니브룩 교수

오래된 친구인 김세걸 선생이 그간 쓴 글을 모아 책을 낸다고 해서 읽는 중 언젠가 보았던 그의 책상이 떠올랐다. 한창 어두컴컴하게 자라던 고등학교 시절 방문한 그의 어두운 집 좁은 방에서 단연 나를 매혹시킨 것은 그의 책상이었다. 분명히 지난밤까지 뒤적였을 책들과 메모를 위한 공책이 책상 위에 놓여 있었고, 지금은 그런 단어가 있었는지도 가물한 만년필과 잉크가 이 사람이 한 글자를 쓰기 위해 얼마나 공을 들이는가를 보여주듯이 한편에 가지런히 자리하고 있었다. 그런 모양이야 글에 대한 경건함을 종교처럼 가졌던 다른 친구들의 방에서도 볼 수 있는 것이었는데, 그가 책상의 서랍을 열어 보이는 순간 나는 그를 새삼 발견했다. 가운데 큰 서랍과 한쪽으로 달린 작은 서랍들 셋에는 세상과 만물이 들어 있었던 것이다. 문방구며 가지각색의 필기도구는 말할 것도 없거니와 좋아하는 음악을 담아 놓은 카세트테이프들, 노래 대신 시 낭송을 하던 그를 도운 시 모음집들, 추억과 기억의 기념품들, 사진들 같은 것뿐만 아니라 아끼며 먹는 각양의 단것들과 여러 종류의 술, 무언가 사연이 있을 말린꽃과 사연을 만들기 위해 준비해 놓은 엽서들, 동전을 담은 저금통과 그 저금통들을 털어서 불린 몇 개의 은행 통장들, 지금은 다 기억나지 않는 그야말로 많은 것들이 잘 정돈된 채, 불안한 시대를 살던 철부지 고등학생에게는 기대할 수 없는 모습으로 내 눈을 사로잡았다. 지금 이 책의 글을 보면서 그때 서랍 안에 있던 물건들을 보는 느낌이 든다. 많은 것을 이야기했고, 모두 다 잘 정돈되어 있다.

나는 김세걸 선생의 이야기를 주의 깊게 들어 왔다. 그는 내게 근실한 연구자이자 양심적인 지식인이었고, 자신의 지식을 나누어주는 데 친절했다. 새로운 문물과 사조에 대한 설명을 부탁하면 실망시키지 않고 명료하게 요약해 주었다. 나는 특히 일본에 대한 그의 심도 있는 이해에 빚지고 있다. 재직하고 있는 학교에서 내가 한 2년 만에 한 번씩 하는 강의에 동아시아 지성사(Intellectual History of East Asia)라는 것이 있는데, 그 중의 일본 부분에 대한 얼개는 김세걸 선생이 제공해 준 것이다. 뿐만 아닐 것이다. 오래 교유하는 동안 그에게 얻어들은 게 많고, 모두 나의 자양분이 되었다. 이 책은 학문 세계보다는 그의 삶을 보여주지만 책을 읽으면 또 새롭게 알게 되는 것이 있어서 그가 여전히 학인으로, 학생으로 살아가고 있다는 것을 다시금 확인하게 해 준다. 평생 학인으로 사는 것이 정승 벼슬보다도 더 영광일 수 있는 전통이 우리에게 있었다.

이 책에는 변하지 않은 김세걸 선생도 있지만 변해가는 그와 변해 버린 그도 있다. 그의 주위에 있는 누구나 이야기하듯이 그는 낭만주의자이고 정의를 꿈꾸는 이상주의자였다. 그의 낭만은 음악에 대한 사랑으로, 친구의 엄마에게 드리던 붉은 장미꽃으로, 어느 음대생 누나의 노래에 맞추어 즉흥적으로 읊어대던 사랑의 서사시를 통해 내 기억에 각인되었으므로 나는 그에 대해 의심하지 않는다. 그가 정의를 꿈꾸었다는 것도 언제나 분명했다. 그를 처음 만난 중학 시절에 그는 학교의 선도부장이었는데, 그때 그가 그 직을 맡아서 이른바 불량 학생들의 험악한 위협에도 굴하지 않고 '법'을 집행한 이유는 대학에 들어가 민주화를 위해 목청을 높인 이유와 같았다. 종종 있는 일은 아니었지만 그는 분노하는 사람이었고, 부정의와 부조리를 느낄 때만 그러했다. 사회주의 이념에 매료되고 마르크스에 열광했을 때, 그리하여 평등을 노래할 때도 그를 키운 것은 낭만과 정의감이었다.

그러던 그가 처음 맛보았던 좌절은 술주정뱅이 보리스 옐친

이 주도한 소련의 반사회주의 시민혁명이었다. 그는 당시 자신의 공부를 더욱 견고히 하기 위해 사회주의 본토에서 박사 학위를 하기로 결심을 하고 모스크바 대학에 가 있었다. 사회주의라는 낭만과 정의가 맥없이 한 순간에 무너지는 것을 목도한 김세걸은 충격 속에 서둘러 귀국하였다. 이 책을 읽으면 알게 될 그의 과거, 이데올로기를 추종한 나머지 선악 이분법을 통해 오로지 정의라는 생각했던 것과만 연대하려고 했던 그의 과거는 이로써 종식을 예고하였다. 이후 그는 조선대와 지금은 김대중 평화재단이 된 아태재단에서 근무하였는데, 그런 '현실'을 경험한 후 모교인 서강대에서 일본정치를 연구 주제로 삼아 박사학위를 하기로 결정함으로써 김세걸은 그의 과거와 공식적으로 결별하였다. 그의 박사 논문은 일본의 정책 결정 과정 다루었던 것으로 기억한다.

더 큰 좌절은 지병 때문에 찾아왔다. 벌써 20년이 지났지만 그에게 자신이 파킨슨병에 걸렸다는 전화를 받았던 어느 날 아침이 생생하다. 나는 그때 미국에서의 삶을 막 시작하였고, 그의 지병도 막 발견되어 증세가 나타나고 있었다. 내가 미국이라는 불안을 견디는 동안 김세걸 선생의 증세도 점점 심해졌다. 물론 이런 비교는 어불성설이다. 몸의 질병은 엄중하기 그지없다.

그래서 그의 지병은 그의 삶에 영향을 주기 시작하였다. 태생이 연구자라면, 연구자인 이 친구는 점점 연구에 몰두하기 어려워졌고, 태생이 훈장이라면, 훈장인 이 친구는 강의도 그만두어야 했으며, 태생이 웅변가라면, 웅변가인 이 친구는 마음과 입의 어느 가운데 지점에 막혀 나오지 않는 말들과 싸워야 했고, 태생이 글쟁이라면, 글쟁이인 이 친구는 타이핑도 쉽지 않은 우울을 견뎌야 했고, 태생이 성실한 시민이라면, 성실한 시민인 이 친구는 그 성실을 육체 속에 가두어야만 했다. 그 20년 동안 나는 김세걸 선생을 아주 가끔 내가 한국에 나올 때만 볼 수 있었다. 그는 오랜만에 만나는 친구와 단지 이야기를 하기 위해 근육이 굳어지는 것을 막는 약을 정해진 것보다 많이 먹어야 했는데, 나는 그 약효가 두 세 시간 내에 떨어지는 것을 여러 번 경험했고, 상심했다. 나는 상심했지만 그는 삶이 자신을 배신했다는 분노에 몸을 떨었을 것이다.

이 책은 김세걸 선생이 그런 시간들과 싸우며, 혹은 싸우기 위해 쓴 글들을 모아 놓은 것이다. 변화와 시련을 겪은 뒤 이 친구는 이데올로기적 투쟁과 정열보다는 화해와 포용을 이야기하고, 배타적 민족주의와 모든 형태의 교조주의를 거부하며, 배타적 이성이 아닌 종교와 운명을 포용하는 이성으로 다시 등장하였고, 이 책에 실린 모든 글들이 그러한 새로운 김세걸의 등장을 증언한다. 역설적으로 그렇게 새로워지기 위해 김세걸은 부단히 투쟁하였고, 괴로워했으며, 지금도 고민하고 있는 것처럼 보인다. 이 책은 그 괴로움과 고민에 대한 증언이기도 하다.

1부의 소설 세 편은 내가 처음 읽는 듯하다. 이 친구가 시를 쓴다는 것은 익히 알고 있었고, 이 책에 수록된 시 여러 편을 감상할 기회도 있었지만 소설을 쓴다는 것은 몰랐다. 나야말로 소싯적 소설을 쓰려던 사람인데, 나는 생각만 하고 김세걸 선생은 행동한다. 언제나 그랬다. 그래서 소설을 읽으면서 웃음이 났다. 하지만 왜 주인공 세 사람을 모두 죽는 것으로 그렸는지 그 웃음이 사라졌다. 2부에서는 그의 시를 수십 편 감상할 수 있다. 사실 나는 1976년에 김세걸 선생과 동인지를 출판했다. '벙어리'라는 제목을 단, 네 명 젊은 고등학생 시인의 동인지였는데, 당시 동인지로는 드물게 공식적으로 출판 등록을 했던 책이었으므로 패기 넘치던 이 시인들은 책 10권을 들고 국내에서 가장 큰 서점이었던 종로서적에 찾아가 진열과 판매를 의뢰했다. 의외로 '팔아보겠다'는 답을 들었다. 물론 일주일 후에 다시 찾은 서점에서 한 권도 팔리지 않았다는 이야기를 듣고 5백 권이나 인쇄한 이 동인지를 어떻게 처리할까를 고민한 끝에 네 명이 고르게 나누어 갖고 각자 알아서 처분하기로 했다. 김세걸은 학교 선생에게 책을 맡긴 뒤 팔아주기를 부탁하는 대신 판매대금은 모두 불우학우돕기 기금으로 쓰겠다는 묘안을 냈다. 어린 시인이자 정치가였다.

옛날 조선시대에는 글을 읽고 쓸 줄 알며 세상에 할 말이 있는 사람들은 거개 문집을 냈다. 문자의 왕국이었다. 국립중앙박물관에 가서 신라와 고려 전시실을 지나 조선으로 들어서면 화려한 보물들은 사라지고 책과 문서들이 전시실을 가득 채우고 있음을 보게 된다. 옛 문집에는 보통 시가 먼저 수록되어 있고, 편지글이나 상소문, 발문이나 비문 등 산문이 그 뒤를 잇고, 사상과 철학을 서술한 논문이 마지막에 배치된다. 지금 김세걸 문집에는 시와 산문의 일부가 있다. 만약 지금 이 문집에 김세걸 선생이 쓴 연구 관련 글들이 추가되면 김세걸이의 온전한 문집이 완성될 것이다. 개인적으로 그렇게 해서 증보된 문집이 나오기를 기대하지만 아무래도 그 사람의 향기를 맡을 수 있는 것은 시와 산문을 통해서이고, 그러므로 지금 이 책 그대로 옛날의 좋은 전통을 잇고 김세걸을 느끼게 해 준다. 와병 중에도 쓰기를 게을리하지 않은 놈에게 경의를 표하지 않을 수 없다. 축하한다.

※

탱고

—

김세결

—

소설

—

시

—

초판인쇄 2022. 2. 7.
초판발행 2022. 2. 11.

지 은 이 김세결
펴 낸 곳 휴먼필드
출판등록 제406-2014-000089
주 소 경기도 파주시 탄현면 장릉로 124-15
전화번호 031-943-3920 **팩스번호** 0505-115-3920
전자우편 minbook2000@hanmail.net

—

—

ISBN 979-11-968433-8-0 03810

—